# Pinocchio

ÉTONNANTS • CLASSIQUES

# COLLODI

# Pinocchio

*Traduction d'*ISABEL VIOLANTE

*Présentation, notes, chronologie et dossier par*
CAECILIA PIERI

*Dossier mis à jour par*
FLORENCE RENNER,
*professeure de lettres*

Flammarion

**« Imaginer des univers nouveaux »**
**dans la collection « Étonnants Classiques »**

ANDERSEN, *La Petite Fille et les allumettes et autres contes*
*Aventures du baron de Münchhausen*
BARRIE, *Peter Pan*
BAUM, *Le Magicien d'Oz*
CARROLL, *Alice au pays des merveilles*
COLIN, *Projet oXatan*
COLLODI, *Pinocchio*
*Contes de sorcières*
*Contes merveilleux*
*Créatures magiques et contes merveilleux*
GRIMM, *Le Petit Chaperon rouge et autres contes*
HOBB, *Retour au pays*
*Les Mille et Une Nuits. Ali Baba, le Pêcheur et autres contes*
*Les Mille et Une Nuits. Sindbad le marin*
*Nouvelles de fantasy*
PERRAULT, *Contes*
SAND, *Les Ailes de courage*


Édition revue, 2007 et 2018.
ISBN : 978-2-0814-5122-3
ISSN : 1269-8822

# SOMMAIRE



# Pinocchio

# PRÉSENTATION

## Une histoire méconnue

Une « gaminerie » (*bambinata*) : c'est ainsi que Carlo Lorenzini, plus connu sous le pseudonyme de Carlo Collodi, a un jour défini cette histoire que l'on croit connaître, mais qu'il s'agit plutôt de redécouvrir. Dans le monde entier en effet, sauf peut-être en Italie, l'histoire de Pinocchio n'est aujourd'hui célèbre que dans la version de Walt Disney. Or le Pinocchio d'origine a une tout autre personnalité.

Certes, tous les « ingrédients » du conte traditionnel sont au rendez-vous : les objets sont animés, les animaux parlent, le merveilleux est partout présent avec la fée et les monstres. Vous retrouverez aussi les grandes constantes du genre : les lieux typiques du conte – la forêt, le village, la mer, la campagne, l'auberge ; les trois catégories de personnages – les méchants qui piègent le héros, les gentils qui l'aident, les sages qui le conseillent ; l'époque, toujours indéterminée : il était une drôle de fois où les carrosses de l'ancien temps voisinaient avec les vélocipèdes... Quant à Pinocchio lui-même, c'est, bien sûr, un pantin qui, affrontant toute une série d'épreuves, se transforme finalement en gentil petit garçon.

Mais la version originale regorge d'aspects absents de la « gaminerie » américaine : les épisodes sont plus variés, les rebondissements plus nombreux, les personnages plus complexes.

Journaliste politique engagé, auteur de livres scolaires à succès, traducteur, éditeur, Collodi a fait passer dans ce conte pour enfants des messages et des idées dont la mise en scène bouscule son lecteur de surprise en surprise.

## Un héros double et déconcertant

Pinocchio a tout pour décontenancer le lecteur de contes de fées. C'est d'abord une *créature* façonnée sous nos yeux. Or, au fur et à mesure que ce bout de bois prend forme humaine, il manifeste une indépendance immédiate et farouche. Doté d'une personnalité authentique, c'est un vrai « sale caractère », contrairement à d'autres héros de contes (peut-on dire que Cendrillon, Blanche-Neige, le Petit Poucet, Peau d'Âne, aient seulement « du » ou même un « caractère » ?) ; moqueur, impertinent, il est irrespectueux avec son « père », auquel il désobéit à peine juché sur ses pieds ! Presque cruel avec le Grillon parlant, qu'il aplatit contre le mur d'un jet de marteau, il n'aime rien tant que « manger, boire, dormir, [s']amuser et mener, du matin au soir, la vie de vagabond » (p. 38), ce qui n'aurait rien de fatal si sa paresse ne coûtait si cher au pauvre Geppetto. Effrontément menteur, obstiné quand il s'agit de se faire plaisir, il se montre aussi tête en l'air ou d'une naïveté frisant la bêtise (voir l'épisode du Champ des miracles)... bref, l'affreux garnement dans toute sa splendeur !

Et pourtant, on ne saurait le réduire à ces défauts, car ses tribulations dérivent de ses qualités. Courageux, il n'hésite pas à se battre pour se défendre ou défendre les autres, parfois même au péril de sa vie. Généreux, il a bon cœur, sait se montrer débrouillard, rapide, entreprenant... En fin de compte, comme il est partagé entre ses bonnes résolutions et l'envie de profiter des plaisirs de la vie, entre la volonté de bien faire et l'esprit de découverte, entre la force de ses désirs et celle, souvent contrariante, de la réalité, le récit ne cesse de rebondir en basculant sans cesse d'un pôle à l'autre.

Au fond, tous ces rebondissements suivent les méandres et les contradictions d'une personnalité humaine...

## La peinture de la société

Déroutant également, l'univers de ce conte en version originale. Chez Walt Disney, peu de personnages, peu de décors hormis un paysage joli mais un peu passe-partout, aucun cadre de vie. Ici, au contraire, l'animation de ce petit village proche de la mer est partout présente : badauds, voisins, boutiques... Et nous savons d'emblée que nous sommes chez « les pauvres ». « Il était une fois... un roi ? non, un vulgaire morceau de bois. » Donc, ni rois, ni princesses, ni châteaux, ni bijoux : on évolue dans un univers de pauvres gens, travaillant dur pour gagner leur vie. Dans la minuscule maison si mal meublée de Geppetto, la cheminée est peinte puisqu'il n'a même pas de quoi se payer du bois à brûler (un comble pour un menuisier !). Tous les marchands et artisans que l'on croise pourraient eux aussi dire, comme Pinocchio de son papa, que leur métier est de « faire le pauvre » : maçon, fripier, pêcheur, charbonnier...

Aussi la première des morales de l'histoire est-elle celle de la réalité que Pinocchio affronte dans sa mésaventure au sortir du pays des Abeilles laborieuses : celui qui refuse de travailler n'aura rien à se mettre sous la dent, sauf quelques tranches d'orgueil. Pour Collodi, auteur d'ouvrages éducatifs, engagé dans la défense de l'école gratuite, publique et obligatoire, travailler de ses mains, étudier et s'instruire – comme Pinocchio ne le comprend qu'à la fin – permet avant tout d'échapper à la pauvreté, à l'ignorance et au malheur.

## Éloge de la liberté

Le portrait de la société brossé par Collodi est pourtant assez sévère ! À sa manière, Pinocchio est un rebelle qui se moque de presque tous ceux qui incarnent l'autorité établie. Le juge n'est qu'un vieux singe injuste (sa sentence est « inique » et stupide) ; les gendarmes n'arrêtent pas les vrais voleurs mais passent leur temps à mettre des innocents en prison à tort et à travers ; l'aubergiste est malhonnête ; le fermier, s'il se laisse ensuite attendrir, commence par être violent ; les médecins, prétentieux et incapables, sont totalement grotesques et leur diagnostic inexistant. Le seul personnage doté d'une forme de grandeur et de générosité vit précisément en marge de la société : c'est Mangefeu, le forain...

Rien n'échappe à l'ironie de l'auteur, dont l'œuvre de journaliste politique consistait à batailler ferme dans la critique des institutions de son temps. La deuxième morale pourrait donc être la suivante : dès sa première fuite, Pinocchio symbolise l'esprit d'aventure, le désir de connaître, la liberté de s'ouvrir à toutes sortes d'expériences proposées par la vie. Loin des bancs de l'école, c'est à l'école… buissonnière que, chemin faisant, il se forge, à ses risques et périls, et la plupart du temps à ses dépens, son expérience personnelle. Il y découvre, pêle-mêle, la valeur de l'argent, la méfiance, la faim, les rapports de force, le mensonge, l'amitié, l'endurance, le théâtre… Si le méchant pantin finit par se métamorphoser en gentil petit garçon, c'est qu'il a compris qu'il doit surtout compter sur lui, en dehors des cadres établis : il se crée son propre Abécédaire, sa propre plume, sa propre encre… Cette histoire est donc peut-être aussi, comme bien des contes, l'histoire d'une initiation au tourbillon de la vie grâce à l'autonomie, la liberté d'action et l'initiative personnelle.

## Un voyage imaginaire

Dans la lignée du *Gargantua* ou du *Pantagruel* de Rabelais, des *Voyages de Gulliver* de Swift, de *L'Autre Monde* de Cyrano de Bergerac ou encore du *Micromégas* de Voltaire, la trame du récit est celle d'un voyage imaginaire : genre littéraire en forme de conte dont le héros visite des terres inconnues où le mode de vie est souvent un miroir inversé du monde réel.

Dans ses pérégrinations, Pinocchio découvre, comme Gulliver à Lilliput ou au pays des Géants, des sociétés bien étranges. Le pays des Joujoux évoque le pays de cocagne, ce paradis terrestre imaginaire abondant en fêtes perpétuelles et regorgeant de victuailles et de friandises. Au pays des Dindons, la hiérarchie sociale est bien établie : les grands seigneurs sont des voleurs, les sujets ordinaires des imprudents qui ont tout gaspillé, et le chef suprême un empereur d'opérette sans expérience. Dans l'île des Abeilles laborieuses, l'activité est incessante ; au pays des Joujoux au contraire, le temps n'existe même plus puisque c'est jeudi, jour sans école, toute la semaine !

Et l'univers de Pinocchio lui-même ? Un pantin y vit les aventures et les mésaventures d'un vrai petit garçon, mais les adultes peuvent s'y comporter comme des marionnettes. Il n'y a pas de différence entre la « prise de bec » de Geppetto et de maître Cerise, se traitant mutuellement de singe et de bourrique, et celle d'Arlequin et de Polichinelle quelques pages plus loin ? Et que dire de ces enfants qui suivent le diabolique Bonhomme-cocher, sinon qu'ils sont le « jouet » de leurs illusions ?

En outre, on ne sait plus très bien qui fait l'homme et qui fait la bête : l'homme de confiance de la fée est un caniche, les ânons du pays des Joujoux ont des chaussures d'homme (et pour cause), Pinocchio serre la patte au chien Alidor en signe d'amitié... À force de « faire la bourrique », il se transforme, à la lettre, en... âne, obligé ensuite de danser et de faire l'acrobate, « comme un homme », dans un cirque ! Quant au juge-gorille, on peut dire qu'il « singe » la justice en condamnant quelqu'un à la prison *parce qu'il s'est fait voler de l'argent* ! C'est vraiment « le monde à l'envers »...

Au bout du compte (du conte ?), on sait à coup sûr que le héros a bien mérité ce qu'il gagne : un papa, une maman (ou une grande sœur : la Fée ?), la fin de la misère. Mais, de même que le pantin avait échappé à son créateur, au-delà du conte le petit garçon échappe à son lecteur, car son aventure humaine ne fait que commencer...

# CHRONOLOGIE

# 18261890
# 18261890

- Repères historiques et culturels
- Vie et œuvre de l'auteur

# Repères historiques et culturels

| | |
|---|---|
| **1818** | Premiers *Contes* des frères Grimm. |
| **1830** | En France : révolution de Juillet. Louis-Philippe, roi des Français. |
| **1831** | En Italie : premières insurrections pour l'indépendance et l'unité du pays, jusqu'alors divisé en royaumes. |
| **1833** | En France : loi sur l'enseignement primaire obligatoire. |
| **1835** | Premiers *Contes* d'Andersen. |
| **1838** | *Les Aventures de Gordon Pym*, d'Edgar Poe. *Oliver Twist*, de Charles Dickens. |
| **1841** | En France, loi rabaissant de 12 à 8 heures par jour la durée du travail des enfants en usine. |
| **1842** | *Les Mystères de Paris*, d'Eugène Sue. |
| **1846** | *La Mare au diable*, de George Sand. En Toscane, le Grand-Duc permet les premières mesures libérales : liberté de la presse, assemblée populaire, etc. |

# Vie et œuvre de l'auteur

**1826** *24 novembre* : naissance de Carlo Lorenzini en Toscane, à Florence, fils de Domenico, cuisinier du marquis Ginori Lisci, et d'Angiolina Orzali.

**1840** Suit des cours au séminaire pour devenir prêtre.

**1843** Pour payer ses études, travaille dans une librairie à Florence. Il y entre en contact avec le milieu politique des partisans de l'indépendance et de l'unité italiennes.

**1847** Débuts comme journaliste à la *Rivista di Firenze*.

# Repères historiques et culturels

| | |
|---|---|
| **1848** | En Italie : nombreuses insurrections.<br>Différents monarques fondent des constitutions.<br>Première république à Venise. Premier gouvernement libéral provisoire en Toscane.<br>En France : IIe République. |
| **1849** | Proclamation de la république à Rome, abdication du roi du Piémont, suppression du pouvoir temporel (politique) du pape… Les républicains perdent de nouveau Rome, Venise et Florence.<br>*David Copperfield*, de Charles Dickens.<br>*La Petite Fadette*, de George Sand. |
| **1852** | En Italie : le roi Victor-Emmanuel II charge Cavour de former un gouvernement plus libéral et progressiste que l'ancien.<br>En France : Second Empire. |
| **1857** | Le ministre Cavour propose de réaliser l'unité italienne tout en conservant la monarchie. |
| **1858** | *Les Petites Filles modèles*, de la comtesse de Ségur |

## Vie et œuvre de l'auteur

1848 Engagé volontaire dans les premières batailles pour l'unité italienne aux côtés de Giuseppe Mazzini. Fonde *Il Lampione*, quotidien politico-humoristique. Le journal est censuré un an après.

1850 Archiviste et bibliothécaire au Sénat de Toscane, il publie des chroniques littéraires et théâtrales.

1853 Rédacteur en chef de la revue de théâtre *Scaramuccia*.

1856 Lorenzini signe pour la première fois sous le pseudonyme de Collodi, nom du village natal de sa mère.
*Un romanzo in vapore : da Firenze a Livorno, una guida storica-umoristica* : parodie du récit de voyage de Dumas père : *De Livourne à Florence*.

1857 *I Misteri di Firenze*, roman, social et satirique inspiré des *Mystères de Paris* d'Eugène Sue

1859 S'engage de nouveau en guerre pour l'indépendance de l'Italie, dans les lanciers du Nord.

# Repères historiques et culturels

**1860** Le républicain Garibaldi remonte l'Italie avec un millier de Chemises rouges. L'unification du pays se réalise.

**1861** Élection du premier Parlement italien unitaire.

**1862** *Alice au pays des merveilles*, de Lewis Carroll.

**1865** *Un bon petit diable*, de la comtesse de Ségur.

**1868** *Le Petit Chose*, d'Alphonse Daudet.

**1870** Guerre entre la France et la Prusse. Défaite française et abdication de Napoléon III. Début de la III^e^ République.

**1871** Rome devient la capitale de l'Italie. Révolte parisienne de la Commune.

**1876** En Italie, l'école primaire devient obligatoire. *Les Aventures de Tom Sawyer*, de Mark Twain.

**1877** *Le Tour de France par deux enfants*, de G. Bruno.

**1878** *Sans famille*, d'Hector Malot.

**1879** Mort du roi Victor-Emmanuel II, auquel succède Umberto Ier.

**1879-1886** Jules Vallès publie sa trilogie : *L'Enfant*, *Le Bachelier*, *L'Insurgé*.

## Vie et œuvre de l'auteur

**1860** Recrée *Il Lampione*, « pour une Italie libre, une et indépendante ».

**1868** Publie le *Nuovo Vocabolario della lingua italiana secondo l'uso di Firenze*, où il s'attache à relever tous les gallicismes de la langue et à leur trouver un équivalent toscan.

**1870** Publie dans divers journaux : *La Nazione*, la *Gazzetta d'Italia*, *Il Fanfulla* (un quotidien).

**1875** Traduit et adapte en italien les *Contes* de Perrault.

**1876** Devient célèbre en rédigeant un manuel scolaire, *Les Aventures de Giannettino*.

**1877** *Pane e libri* : lettre ouverte au Premier ministre à propos de l'école obligatoire.

**1879** *Minuzzolo* : autre manuel scolaire.

# Repères historiques et culturels

**1881-1882** En France, l'école primaire devient obligatoire, puis laïque et gratuite.

**1887** *Premiers Contes*, de Rudyard Kipling.

**1890** *Le Roman d'un enfant*, de Pierre Loti.

## Vie et œuvre de l'auteur

**1881-1883** Publication par épisodes de *Pinocchio* dans le *Journal pour les enfants*, qu'il dirige jusqu'en 1886.

**1883-1886** *Le Voyage de Giannettino à travers l'Italie (du nord au sud)* : suite du manuel scolaire, qui plaide pour une Italie unifiée.
*Pipi ou les aventures d'un petit singe rose.*

**1890** Asthmatique et cardiaque, Collodi meurt subitement le 26 octobre.

# Les Aventures de Pinocchio
## Histoire d'un pantin

■ Les illustrations de cette édition sont de Enrico Mazzanti. Elles ont été conçues pour la première édition de *Pinocchio*, Florence, Paggi, 1883.

## Chapitre 1

## Comment il arriva que maître Cerise, le menuisier, trouva un morceau de bois qui pleurait et riait comme un enfant

Il était une fois…

« Un roi ! » s'écrieront aussitôt mes petits lecteurs.

Non, les enfants, vous vous trompez. Il était une fois un morceau de bois.

Ce n'était pas du bois de luxe, mais une simple bûche, de celles que l'on met l'hiver dans le poêle ou dans la cheminée pour allumer un feu et réchauffer les chambres.

Je ne sais comment le fait arriva, mais toujours est-il qu'un beau jour ce morceau de bois se trouva dans l'atelier d'un vieux menuisier qui s'appelait maître Antoine, mais que tout le monde appelait maître Cerise, à cause de la pointe de son nez, qui était toujours luisante et rouge comme une cerise mûre.

Dès qu'il vit ce morceau de bois, maître Cerise fut tout joyeux et, se frottant les mains de satisfaction, il grommela à mi-voix :

« Ce morceau de bois arrive à temps ; je vais m'en servir pour faire un pied de table. »

Aussitôt dit, aussitôt fait, maître Cerise prit immédiatement sa hache affûtée pour décortiquer et nettoyer le morceau de bois. Mais alors qu'il allait donner son premier coup de hache, il resta le bras en l'air, parce qu'il entendit une toute petite voix qui suppliait :

« Ne me frappe pas trop fort ! »

Imaginez l'ébahissement du brave maître Cerise !

Il promena un regard égaré sur toute la pièce, pour savoir d'où pouvait bien venir cette petite voix, et il ne vit personne ! Il regarda sous l'établi, personne. Il regarda dans une armoire qui était toujours fermée, personne. Il regarda dans la caisse des copeaux et de la sciure de bois, personne. Il ouvrit la porte de l'atelier pour jeter un coup d'œil dans la rue, personne. Alors ?

« J'ai compris, dit-il en riant et en se grattant la perruque. Il faut croire que cette petite voix, c'est moi qui l'ai inventée. Remettons-nous au travail. »

Et, reprenant sa hache, il frappa solennellement le morceau de bois.

« Aïe ! Tu m'as fait mal ! » protesta la même petite voix.

Cette fois, maître Cerise resta pétrifié, les yeux exorbités de peur, la bouche ouverte, la langue pendant jusqu'au menton, comme un dragon de fontaine.

Dès qu'il eut recouvré l'usage de la parole, il dit en bégayant et en tremblant de peur :

« Mais d'où peut venir cette petite voix qui a dit *aïe* ? Ici, il n'y a pourtant personne. Et si c'était ce morceau de bois qui a appris à pleurer et à se plaindre comme un enfant ? Je ne peux y croire. Ce morceau de bois, le voilà : c'est une vulgaire bûche, bonne à jeter au feu pour faire bouillir une marmite de haricots… Et alors ? Et si quelqu'un s'y cachait ?

Si quelqu'un s'y est caché, tant pis pour lui. Je vais m'en occuper ! »

Et disant cela, il saisit à deux mains ce pauvre morceau de bois, et se mit à le heurter sans pitié contre les murs de la pièce.

Puis il prêta l'oreille pour entendre s'il y avait une petite voix qui se plaignait. Il attendit deux minutes : rien. Cinq minutes : rien. Dix minutes, toujours rien.

« J'ai compris, dit-il alors en s'efforçant de rire et en s'ébouriffant la perruque. Cette petite voix qui a dit *aïe*, c'est moi qui l'ai inventée. Remettons-nous au travail. »

Et comme, en vérité, il avait eu grand-peur, il essaya de chantonner pour se donner un peu de courage.

Entre-temps, ayant mis de côté sa hache, il prit son rabot pour polir et raboter le morceau de bois. Mais pendant qu'il le rabotait, de haut en bas, la même petite voix lui dit, toute rieuse :

« Arrête ! Tu me chatouilles partout ! »

Cette fois, le pauvre maître Cerise tomba, comme frappé par la foudre. Quand il rouvrit les yeux, il se trouva assis par terre.

Son visage semblait transfiguré [1], même la pointe de son nez, qui était toujours rouge, était devenue bleue sous l'effet de la peur.

1. ***Transfiguré*** : totalement transformé.

## Chapitre 2

### Maître Cerise offre le morceau de bois à son ami Geppetto, qui le prend pour fabriquer un merveilleux pantin

À ce moment, on frappa à la porte.

« Entrez ! » dit le menuisier, sans avoir la force de se remettre sur pied.

Alors entra dans la boutique un petit vieux très alerte qui se nommait Geppetto ; mais les enfants du voisinage, lorsqu'ils voulaient le mettre en fureur, le surnommaient Polendina[1], à cause de sa perruque jaune qui ressemblait énormément à de la semoule de maïs.

Geppetto était très irascible[2]. Gare à qui l'appelait Polendina ! Il devenait aussitôt une bête féroce et il n'y avait plus moyen de le tenir.

« Bonjour, maître Antoine, salua Geppetto. Que faites-vous donc là par terre ?

– J'apprends l'arithmétique aux fourmis.

– Grand bien vous fasse !

– Qui vous amène, compère Geppetto ?

– Mes jambes. Mais sachez, maître Antoine, que je suis venu pour vous demander un service.

– Me voici à vos ordres, répondit le menuisier, en se redressant sur les genoux.

– Ce matin une idée a germé dans mon cerveau.

1. ***Polendina*** : surnom formé sur le mot *polenta*, purée de maïs jaune.
2. ***Irascible*** : qui se met facilement en colère (du latin *ira*, « colère »).

– Je vous écoute.

– J'ai songé à me fabriquer, de mes propres mains, un beau pantin en bois : mais une merveille de pantin, sachant danser, tirer l'épée et faire le saut périlleux. Avec ce pantin, je ferai le tour du monde pour gagner mon morceau de pain et mon verre de vin. Qu'en pensez-vous ?

– Bravo, Polendina ! » s'écria la mystérieuse petite voix, dont on ne savait pas d'où elle venait.

En s'entendant appeler Polendina, le compère Geppetto, de colère, devint rouge comme un piment et, se retournant vers le menuisier, lui dit, furieux :

« Pourquoi m'offensez-vous ?

– Qui vous offense ?

– Vous m'avez appelé Polendina…

– Ce n'était pas moi.

– C'est moi, peut-être ? Moi, je dis que c'est vous !

– Non !

– Si !

– Non !

– Si ! »

S'échauffant de plus en plus, des paroles ils en vinrent aux coups, et ils s'en prirent l'un à l'autre, se griffèrent, se mordirent, se malmenèrent.

Quand le combat fut terminé, maître Antoine avait entre les mains la perruque jaune de Geppetto, et Geppetto s'aperçut qu'il tenait entre les dents la perruque grisonnante du menuisier.

« Rends-moi ma perruque ! cria maître Cerise.

– Et toi, rends-moi la mienne et faisons la paix ! »

Les deux petits vieux, après avoir repris chacun sa perruque, se serrèrent la main en se jurant de rester bons amis toute leur vie.

« Donc, compère Geppetto, dit le menuisier pour sceller la paix, quelle faveur attendez-vous de moi ?

– Je voudrais un peu de bois pour fabriquer mon pantin. Allez-vous me le donner ? »

Maître Antoine, tout joyeux, s'en fut aussitôt prendre sur l'établi le fameux morceau qui lui avait causé tant de frayeur. Mais, au moment même où il allait le remettre à son ami, le morceau de bois donna une forte secousse, glissa vivement de ses mains et alla se jeter avec force contre les tibias desséchés de l'infortuné Geppetto.

« Ah çà, c'est avec cette grâce, maître Antoine, que vous faites vos cadeaux ! Vous m'avez presque estropié !...

– Je vous jure que ce n'est pas moi.

– Alors c'est moi !...

– La faute est toute à ce morceau de bois...

– Évidemment c'est la faute du morceau de bois, mais c'est vous qui me l'avez jeté dans les jambes.

– Je ne vous l'ai pas jeté.

– Menteur !

– Geppetto, ne m'offensez pas, sinon je vous appelle Polendina...

– Âne !

– Polendina !

– Bourrique !

– Polendina !

– Vilain singe !

– Polendina ! »

En s'entendant appeler Polendina pour la troisième fois, Geppetto perdit la raison et s'élança sur le menuisier ; et ils se rouèrent de coups.

La bataille finie, maître Antoine se trouva avec deux griffures de plus sur le nez, et l'autre avec deux boutons de moins à son veston. Lorsqu'ils eurent ainsi réglé leurs comptes, ils se serrèrent la main et se jurèrent de rester bons amis toute leur vie.

Alors Geppetto prit sous son bras son précieux morceau de bois et, ayant remercié maître Antoine, il s'en retourna chez lui clopin-clopant.

## Chapitre 3

### Geppetto commence à fabriquer son pantin qu'il nomme Pinocchio. Premières friponneries du pantin

La demeure de Geppetto était une petite pièce au rez-de-chaussée, éclairée par une lucarne. Le mobilier ne pouvait pas être plus simple : une méchante[1] chaise, un mauvais lit, une table en ruine. Dans la paroi du fond, on apercevait une cheminée et du feu : mais le feu était peint sur le mur et, à côté du feu, était peinte une marmite qui bouillait joyeusement en laissant échapper un nuage de fumée, qu'on aurait cru de la vraie fumée.

À peine rentré chez lui, Geppetto prit aussitôt ses outils et se mit à tailler le bois pour fabriquer son pantin.

1. ***Méchante*** : vilaine, de mauvaise qualité (vieilli).

« Comment vais-je l'appeler ? se dit-il. Je veux l'appeler Pinocchio [1]. Ce nom va lui porter chance. J'ai connu toute une famille de Pinocchi : Pinocchio le père, Pinocchia la mère, et Pinocchi les enfants, et tous se la coulaient douce. Le plus riche d'entre eux demandait l'aumône. »

Quand il eut trouvé le nom de son pantin, il commença à travailler pour de bon, et lui fit aussitôt les cheveux, puis le front, puis les yeux.

Les yeux terminés, imaginez la stupéfaction de Geppetto quand il s'aperçut que ces yeux bougeaient et l'observaient fixement.

Geppetto, en se voyant regardé par ces deux yeux de bois, s'en trouva offensé, et dit d'un ton irrité :

« Vilains yeux de bois, pourquoi me regardez-vous ? »

Personne ne répondit.

Alors, après les yeux, il fit le nez ; mais ce nez, il l'avait à peine terminé qu'il commença à grandir. Et il grandit, grandit, grandit, au point de devenir, en quelques minutes, un grand nez qui n'en finissait plus [2].

Le pauvre Geppetto se donnait du mal pour le retailler, mais plus il le retaillait et le raccourcissait, plus ce nez impertinent [3] s'allongeait.

Après le nez, il lui fit la bouche.

La bouche n'était pas terminée, qu'elle se mit aussitôt à rire et à se moquer de lui.

---

1. ***Pinocchio*** : dans le parler florentin familier, ce mot signifie « pignon » ; en italien classique, on dit *pinolo*, que l'on emploie notamment dans l'expression très courante : *duro come un pinolo*.

2. Signe distinctif entre tous de Pinocchio, avant même qu'il ait prononcé son premier mensonge.

3. ***Impertinent*** : insolent.

« Arrête de rire ! dit Geppetto, vexé ; mais ce fut comme parler au mur.

– Arrête de rire, te dis-je », hurla-t-il d'une voix menaçante.

Alors la bouche cessa de rire, mais lui tira sa longue langue. Pour ne pas s'énerver, Geppetto feignit de ne rien voir et continua son œuvre. Après la bouche, il lui fit le menton, puis le cou, les épaules, le ventre, les bras et les mains.

À peine avait-il terminé les mains, Geppetto sentit sa perruque se détacher de sa tête. Il leva la tête et que vit-il ? Il vit sa perruque jaune entre les mains du pantin.

« Pinocchio !… rends-moi tout de suite ma perruque ! »

Pinocchio, au lieu de lui rendre la perruque, l'enfonça sur sa tête et resta dessous, à moitié étouffé.

À ce geste d'insolence et de dérision, Geppetto devint triste et mélancolique comme il ne l'avait jamais été de toute sa vie ; se tournant vers Pinocchio, il lui dit :

« Mon fils, tu es un coquin ! Tu n'es pas encore terminé, et déjà tu commences de manquer de respect à ton père ! C'est mal, mon enfant, c'est mal ! »

Et il essuya une larme.

Il restait à faire les jambes et les pieds.

Quand Geppetto eut fini de faire les pieds à son pantin, il reçut un coup de pied sur la pointe du nez.

« Je l'ai bien mérité ! se dit-il à lui-même. J'aurais dû y penser plus tôt ! Maintenant il est tard ! »

Il prit le pantin sous les aisselles et le posa debout sur le sol de la pièce, pour le faire marcher.

Pinocchio avait les jambes engourdies et ne savait pas se déplacer, aussi Geppetto le conduisait-il par la main pour lui apprendre à mettre un pied devant l'autre.

Quand ses jambes furent dégourdies, Pinocchio commença à marcher tout seul et à courir dans la pièce ; puis il prit la porte, sauta dans la rue et décampa.

Et le pauvre Geppetto de courir à sa poursuite sans pouvoir l'atteindre : car ce coquin de Pinocchio faisait des sauts de lièvre et, frappant de ses pieds de bois le pavé de la rue, il faisait autant de bruit que vingt paysans en sabots.

« Arrêtez-le ! arrêtez-le ! » criait Geppetto. Mais les gens dans la rue, à la vue de ce pantin de bois qui galopait comme un cheval de course, s'arrêtaient émerveillés pour le regarder et riaient, riaient, riaient d'une manière difficile à imaginer.

À la fin, et par bonheur, survint un carabinier[1], qui en entendant tout ce tapage crut avoir affaire à quelque poulain échappé à son maître, et se planta courageusement au beau milieu de la rue, jambes écartées, résolu à l'arrêter pour conjurer de plus graves accidents.

Lorsque Pinocchio aperçut de loin le carabinier qui fermait la rue, il tenta de passer par surprise entre ses jambes, mais il échoua.

Le carabinier, sans s'émouvoir le moins du monde, le saisit bien proprement par le nez (c'était un grand nez disproportionné, qui semblait fait exprès pour être attrapé par les carabiniers), et le remit entre les mains de Geppetto qui, pour le corriger, voulut lui tirer les oreilles sur-le-champ. Mais figurez-vous son ébahissement lorsqu'il chercha les oreilles et n'arrivait pas à les trouver ! Et savez-vous

1. ***Un carabinier*** : un gendarme ; le corps des carabiniers était à l'origine une police militaire spécialement affectée à la personne du roi.

pourquoi ? Parce que, dans sa fougue[1] de sculpteur, il avait oublié de les lui faire.

Alors il prit Pinocchio par le cou et, tandis qu'il le ramenait, il lui dit en hochant la tête d'un air menaçant :

« Rentrons vite à la maison. C'est là que nous réglerons nos comptes, n'en doute pas ! »

Entendant ce préambule[2], Pinocchio se jeta par terre et ne voulut plus avancer. Alors les curieux et les badauds commencèrent à faire masse autour de lui.

Chacun donnait son opinion :

« Pauvre pantin ! disaient les uns. Il a raison de ne pas vouloir rentrer. Qui sait combien ce méchant Geppetto lui donnera de coups ! »

D'autres ajoutaient avec malignité :

« Geppetto a l'air d'un brave homme, mais avec les enfants c'est un véritable tyran ! Si on lui laisse entre les mains ce malheureux pantin, il est capable de le réduire en morceaux ! »

En somme, ils dirent tant, ils firent tant, que le carabinier remit en liberté Pinocchio et conduisit en prison l'infortuné Geppetto qui, ne trouvant pas sur-le-champ de paroles pour se défendre, pleurait comme un veau et, sur le chemin de la prison, balbutiait en sanglotant :

« Enfant scélérat ! Et dire que j'ai tant peiné pour en faire un pantin bien comme il faut ! C'est bien fait pour moi ! J'aurais dû y penser plus tôt !... »

---

1. ***Sa fougue*** : son élan ; Geppetto a été emporté par un véritable « élan créateur » de sculpteur ; il n'est pas qu'un simple menuisier ; Pinocchio est donc un vrai chef-d'œuvre.

2. ***Ce préambule*** : ce début.

Ce qui arriva par la suite, c'est une histoire si étrange qu'on ne pourrait presque pas croire, et que je vous raconterai dans les chapitres à venir.

## Chapitre 4

## L'aventure de Pinocchio et du Grillon parlant

Je vous dirai donc, chers enfants, que tandis que le pauvre Geppetto était conduit en prison sans l'avoir mérité, ce garnement de Pinocchio, sorti des griffes du carabinier, se sauvait à toutes jambes à travers champs pour rentrer au plus vite à la maison. Dans sa course précipitée, il franchissait de hauts talus, des haies de prunelles et des fossés plein d'eau, exactement comme une petite chèvre ou un lapereau poursuivi par les chasseurs.

Arrivé devant la maison, il trouva la porte entrebâillée. Il la poussa, entra et, après avoir bien baissé le loquet, il s'assit par terre et poussa un grand soupir de satisfaction.

Mais cette satisfaction fut de courte durée, car il entendit dans la pièce quelqu'un qui fit :

« *Cri-cri-cri !*

– Qui est-ce qui m'appelle ? interrogea Pinocchio, tout effrayé.

– C'est moi. »

Pinocchio se retourna et aperçut un gros grillon qui montait lentement le long du mur.

« Dis-moi, Grillon, qui es-tu ?

– Je suis le Grillon parlant, et j'habite cette pièce depuis plus de cent ans.

– Aujourd'hui pourtant, dit le pantin, cette pièce est à moi. Et si tu veux vraiment me faire plaisir, va-t'en vite, sans même te retourner.

– Je ne m'en irai pas, répondit le Grillon, sans t'avoir dit d'abord une grande vérité.

– Dis-la vite, dépêche-toi !

– Malheur aux enfants qui se révoltent contre leurs parents et qui, par caprice, abandonnent la maison paternelle ! Ils n'auront jamais de bonheur en ce monde et, tôt ou tard, ils se repentiront amèrement.

– Tu peux chanter, mon Grillon, comme bon te semble ; moi, je sais que demain, dès l'aube, je partirai d'ici car, si je restais, il m'arriverait ce qui arrive à tous les autres enfants, on m'enverrait à l'école où, de gré ou de force, il me faudrait travailler… et moi, entre nous soit dit, je n'ai aucunement envie d'étudier, et je m'amuse bien plus à faire la chasse aux papillons ou à grimper aux arbres pour dénicher les petits oiseaux.

– Pauvre niais ! Ne sais-tu pas qu'en agissant de la sorte, en grandissant tu deviendras un bel âne[1], et que tout le monde rira de toi ?

– Silence, vilain Grillon de mauvais augure[2] ! » cria Pinocchio.

Mais le Grillon, qui était patient et philosophe, au lieu de se fâcher pour cette impertinence, continua sur le même ton :

---

**1.** ***Tu deviendras un bel âne*** : annonce l'épisode du pays des Joujoux, chap. 21, p. 94.

**2.** ***Augure*** : dans l'Antiquité, les augures étaient les prêtres chargés de prédire l'avenir en interprétant certains signes : passages d'oiseaux, entrailles de bêtes égorgées, etc. Bon augure ou mauvais augure signifie donc bon ou mauvais signe, qui porte chance ou malchance.

« Et s'il ne te plaît pas d'aller à l'école, pourquoi n'apprends-tu pas, du moins, un métier qui te permette de gagner honnêtement ton morceau de pain ?

– Veux-tu que je te dise ? répliqua Pinocchio, qui commençait à perdre patience. De tous les métiers du monde, il n'en est qu'un seul qui me convienne vraiment.

– Et quel est ce métier ?

– Celui de manger, boire, dormir, m'amuser et mener, du matin au soir, la vie de vagabond.

– Pour ta gouverne[1], dit le Grillon parlant, avec son calme habituel, ceux qui font ce métier finissent presque toujours à l'hôpital ou en prison.

– Prends garde, Grillon de mauvais augure !... Si tu me mets en colère, malheur à toi !...

– Pauvre Pinocchio ! Tu me fais vraiment pitié.

– Pourquoi te fais-je pitié ?

– Parce que tu es un pantin et, ce qui est pis, parce que tu as une tête de bois ! »

À ces dernières paroles, Pinocchio, furieux, se mit debout, prit sur l'établi un marteau en bois et le lança contre le Grillon parlant.

Peut-être ne pensait-il même pas à le frapper ; mais malheureusement il l'atteignit juste à la tête, si bien que le pauvre Grillon eut à peine la force de faire *cri-cri-cri*, puis il resta là, tout raide et aplati contre le mur. [...]

[Pinocchio a faim, et cherche un œuf pour se faire une omelette ; mais, au moment crucial, son omelette s'envole par la fenêtre.

1. ***Pour ta gouverne*** : à l'origine, la gouverne est la direction d'un navire ; employée familièrement, l'expression désigne une règle de conduite.

Ensuite, il s'endort les pieds sur le réchaud, et se réveille le lendemain matin les pieds complètement brûlés.]

## Chapitre 5

## Geppetto refait des pieds à Pinocchio et vend son veston pour lui acheter un Abécédaire

[À son retour chez lui, Geppetto refait les pieds de Pinocchio.]

À peine le pantin se fut-il aperçu qu'il avait des pieds, qu'il sauta de la table où il était étendu et commença à gambader et à faire mille cabrioles, comme s'il était devenu fou de joie.

« Pour vous récompenser de ce que vous avez fait pour moi, dit Pinocchio à son papa, je veux aller immédiatement à l'école.

– C'est bien, mon enfant.

– Mais, pour aller à l'école, il me faut quelques vêtements. »

Geppetto, qui était pauvre et n'avait pas un centime en poche, lui fit alors un petit habit en papier fleuri, une paire de souliers en écorce d'arbre et un bonnet en mie de pain.

Pinocchio courut sur-le-champ se mirer dans une cuvette pleine d'eau, et fut si fier de lui qu'il déclara en se pavanant :

« J'ai vraiment l'air d'un seigneur !

– Tout à fait, répondit Geppetto, car, retiens-le bien, ce n'est pas le bel habit qui fait le seigneur, mais l'habit propre.

– À propos, ajouta Pinocchio, pour aller à l'école, il me manque encore quelque chose. Et même, il me manque le plus important.

– C'est-à-dire ?

– Il me manque un Abécédaire.

– Tu as raison, mais comment se le procurer ?

– C'est très simple ; on va chez un libraire et on l'achète.

– Et l'argent ?

– Je n'en ai pas.

– Moi non plus », ajouta le bon vieux, tout triste.

Et Pinocchio, bien qu'il fût d'un naturel très gai, devint triste à son tour, car la misère, lorsqu'elle est véritablement misérable, tout le monde la comprend, même les enfants.

« Patience ! » s'écria soudain Geppetto, en se mettant debout. Il endossa son vieux veston de futaine tout reprisé et rapiécé, et il sortit de la maison au pas de course.

Il revint peu de temps après. Et quand il revint, il tenait à la main un Abécédaire pour son fils, mais il n'avait plus de veston. Le pauvre homme était en manches de chemise, alors qu'il neigeait.

« Et votre veston, papa ?

– Je l'ai vendu.

– Pourquoi l'avez-vous vendu ?

– Parce qu'il me tenait chaud. »

Pinocchio comprit très bien cette réponse et, ne pouvant refréner l'impulsion de son bon cœur, il sauta au cou de Geppetto et se mit à l'embrasser sur le visage.

# Chapitre 6

## Pinocchio vend son Abécédaire pour aller voir le théâtre des marionnettes

Lorsqu'il eut cessé de neiger, Pinocchio, son Abécédaire flambant neuf[1] sous le bras, prit le chemin de l'école : et chemin faisant il élaborait dans son petit cerveau quantité de raisonnements et mille châteaux en Espagne[2], tous plus beaux les uns que les autres.

En se parlant à lui-même, il disait :

« Aujourd'hui, à l'école, je veux tout de suite apprendre à lire ; demain j'apprendrai à écrire, et après-demain à compter. Puis, grâce à mon habileté, je gagnerai beaucoup d'argent, et avec les premiers sous que j'aurai dans ma poche, je veux tout de suite acheter un beau veston de drap pour mon papa. Que dis-je, du drap ? Non, je veux lui faire un veston d'or et d'argent, avec des boutons en diamant. Ce pauvre homme le mérite bien, car, en fin de compte, c'est pour m'acheter des livres et me faire instruire qu'il est en manches de chemise par un froid pareil ! Il n'y a que les papas qui soient capables de pareils sacrifices !... »

Tandis que, tout ému, il se tenait ce discours, il crut entendre au loin une musique avec des fifres[3] et des coups de grosse caisse : *pfi-pfi-pfi, pfi-pfi-pfi, boum, boum, boum, boum.*

1. ***Flambant neuf*** : tout neuf.
2. ***Châteaux en Espagne*** : se dit de projets trop ambitieux, irréalisables.
3. ***Fifres*** : petites flûtes en bois au timbre très aigu, très utilisées dans la musique militaire.

Il s'arrêta pour écouter. Ces sons venaient du bout d'un très long chemin de traverse[1] qui conduisait à un petit village situé au bord de la mer.

« Qu'est-ce que c'est que cette musique ? Dommage que je doive aller à l'école, sans cela… »

Et il resta là, tout perplexe. De toute manière, il fallait prendre une résolution : ou bien l'école, ou bien les fifres.

« Aujourd'hui j'irai écouter les fifres, et demain j'irai à l'école : il est toujours temps d'aller à l'école », conclut ce petit fripon en haussant les épaules.

Là-dessus, il enfila à toutes jambes le chemin de traverse. Plus il courait, mieux il distinguait le son des fifres et le grondement de la grosse caisse : *pfi-pfi-pfi, pfi-pfi-pfi, pfi-pfi-pfi, boum, boum, boum, boum.*

Et voilà qu'il se retrouva bientôt au milieu d'une place noire de monde, d'une foule qui se pressait autour d'un grand chapiteau en bois et en toile peint de toutes les couleurs.

« Qu'y a-t-il sous ce chapiteau ? demanda-t-il en s'adressant à un petit garçon du village qui était là.

– Lis l'affiche, c'est écrit, et tu le sauras.

– Je la lirais volontiers, mais aujourd'hui justement je ne sais pas lire.

– Espèce d'âne ! Eh bien, je vais te la lire. Sache donc que sur cette affiche il y a écrit, en lettres rouges comme le feu : Grand Théâtre de Marionnettes.

– Est-ce que la comédie a commencé il y a longtemps ?

– Elle commence à l'instant.

– Combien faut-il payer pour entrer ?

---

1. ***Chemin de traverse*** : chemin qui coupe, en la traversant, une voie principale.

– Quatre sous. »

Pinocchio, qui était pris par la fièvre de la curiosité, perdit toute retenue et, sans honte, demanda au petit garçon avec lequel il parlait :

« Pourrais-tu me prêter quatre sous jusqu'à demain ?

– Je te les donnerais volontiers, répondit l'autre en se moquant, mais aujourd'hui justement je ne les ai pas.

– Pour quatre sous, je te vends mon habit, lui proposa alors le pantin.

– Que veux-tu que je fasse d'un habit en papier fleuri ? S'il pleut dessus, plus moyen de l'enlever.

– Veux-tu acheter mes souliers ?

– Ils sont juste bons pour faire du feu.

– Combien me donnes-tu de mon chapeau ?

– La belle affaire, vraiment ! Un bonnet de mie de pain ! Pour que les souris viennent me le manger sur la tête ! »

Pinocchio était sur les charbons ardents. Il allait faire une dernière proposition, mais n'en avait pas le courage : il hésitait, il tergiversait [1], il souffrait. Finalement, il dit :

« Veux-tu me donner quatre sous de cet Abécédaire tout neuf ?

– Je suis un enfant et je n'achète rien aux enfants, lui répondit son petit interlocuteur, qui avait plus de jugement que lui.

– Pour quatre sous, moi, j'achète cet Abécédaire », cria un fripier [2] qui avait suivi leur conversation.

Le livre fut vendu sur-le-champ. Et dire que ce pauvre Geppetto était resté à la maison, tremblant de froid, en manches de chemise, pour acheter l'Abécédaire à son fils !

---

1. ***Il tergiversait*** : il hésitait.
2. ***Fripier*** : un marchand de fripes, de vieux vêtements.

## Chapitre 7

### Les marionnettes reconnaissent leur frère Pinocchio et lui font une grande fête ; mais survient Mangefeu, le montreur de marionnettes, et Pinocchio risque de mal finir

Quand Pinocchio entra dans le théâtre de marionnettes, il se produisit quelque chose qui provoqua un commencement de révolution.

Il faut dire que le rideau était levé et la pièce déjà commencée.

Sur scène on voyait Arlequin et Polichinelle [1] qui étaient en train de se quereller et qui, selon leur habitude, se menaçaient mutuellement d'une rossée de gifles et de coups de bâton.

Le parterre [2], attentif, riait à en perdre haleine, en écoutant la prise de bec des deux pantins, qui gesticulaient et échangeaient leurs injures avec un tel accent de vérité que l'on aurait cru entendre deux animaux raisonnables et deux personnes de notre monde.

C'est alors qu'à l'improviste Arlequin arrête de jouer et, se tournant vers le public et montrant du doigt quelqu'un

---

1. ***Arlequin et Polichinelle*** : les marionnettes Arlecchino (personnage masqué, dont l'habit est fait de triangles multicolores) et Pulcinella (le bossu couvert de puces) sont des personnages traditionnels de la comédie italienne, le premier d'origine vénitienne, le second d'origine napolitaine ; ils sont aux Italiens ce que Guignol est aux Français.

2. ***Le parterre*** : l'assistance, ainsi nommée parce qu'elle se tient au rez-de-chaussée d'une salle de spectacle ; à l'époque de Collodi, on se tenait debout au parterre.

assis au fond du parterre, se met à hurler d'un ton dramatique :

« Dieux du ciel ! Est-ce que je rêve, suis-je éveillé ? C'est bien Pinocchio que j'aperçois là-bas !...

– C'est bien Pinocchio ! affirme Polichinelle.

– C'est bien lui ! s'écrie madame Rosaura [1] en apparaissant au fond de la scène.

– C'est Pinocchio, c'est Pinocchio ! s'exclament en chœur tous les pantins en bondissant hors des coulisses. C'est Pinocchio ! C'est notre frère Pinocchio ! Vive Pinocchio !

– Pinocchio, monte jusqu'ici ! crie Arlequin. Viens te jeter dans les bras de tes frères de bois ! »

À cette affectueuse invitation, Pinocchio fait un bond et, du fond du parterre, il parvient aux places réservées ; puis, d'un autre bond, des places réservées il arrive sur la tête du chef d'orchestre et, de là, jaillit sur la scène.

Il est impossible d'imaginer les accolades, les étreintes, les chiquenaudes [2] amicales, les coups fraternels que Pinocchio reçut de tout le fouillis d'acteurs et d'actrices de cette petite troupe dramatico-végétale [3].

Ce spectacle était certes émouvant. Mais le public du parterre, voyant que la pièce n'avançait pas, s'impatienta et se mit à crier :

---

1. ***Madame Rosaura*** : personnage de la jeune amoureuse dans la *commedia dell'arte*.

2. ***Accolades, étreintes, chiquenaudes*** : on donne l'accolade en se tenant mutuellement par les épaules ; une étreinte consiste à se serrer dans les bras ; une chiquenaude est un coup sec donné avec le doigt replié et détendu brusquement.

3. ***Cette petite troupe dramatico-végétale*** : une troupe dramatique est une troupe de théâtre (en grec ancien, *drama* signifie l'action de la pièce) ; elle est végétale... parce que les marionnettes sont en bois.

« Nous voulons la pièce ! Nous voulons la pièce !... »

Autant parler au vent, car les marionnettes, au lieu de continuer à jouer la comédie, redoublaient leurs cris et leur tapage. Elles juchèrent[1] Pinocchio sur leurs épaules et le portèrent en triomphe devant les feux de la rampe[2].

C'est alors que survint le montreur de marionnettes, un gros bonhomme si laid qu'on avait peur rien qu'en le voyant. Il avait une vilaine barbe, noire comme une rature à l'encre, et si longue qu'elle touchait terre et qu'il marchait dessus. Sa bouche était large comme un four, ses yeux paraissaient deux lanternes de verre rouge avec de la lumière dedans. Il faisait claquer un énorme fouet fait de serpents et de queues de renard entortillés ensemble.

À l'apparition inattendue du montreur de marionnettes, toute la troupe fut frappée de mutisme[3]. On ne souffla mot. On aurait entendu une mouche voler. Ces pauvres pantins, hommes et femmes, tremblaient comme autant des feuilles.

« Pourquoi es-tu venu mettre le trouble dans mon théâtre ? demanda le directeur à Pinocchio avec sa grosse voix d'ogre enrhumé du cerveau.

– Croyez bien, très illustre seigneur, que ce n'est pas de ma faute !

– Suffit ! Ce soir nous réglerons nos comptes. »

En effet, lorsque la représentation fut terminée, le directeur se rendit à la cuisine où il avait préparé pour son dîner un beau mouton, qui tournait lentement sur la broche. Et comme il manquait de bois pour finir de cuire l'animal et de le rissoler, il appela Arlequin et Polichinelle et leur dit :

---

1. ***Juchèrent*** : hissèrent.
2. ***Les feux de la rampe*** : les lumières disposées tout au bord de la scène.
3. ***Toute la troupe fut frappée de mutisme*** : toute la troupe resta muette.

« Apportez-moi ici ce pantin, que vous trouverez accroché à un clou. Il me semble fait d'un bois très sec. Je suis sûr qu'en le jetant dans le feu, j'obtiendrai une belle flambée pour mon rôti. »

Arlequin et Polichinelle hésitèrent tout d'abord, mais, effrayés par le terrible regard de leur patron, ils obéirent. Peu après, ils revinrent à la cuisine en portant dans leurs bras le pauvre Pinocchio qui, se tortillant comme une anguille hors de l'eau, criait désespérément :

« Mon bon papa, sauvez-moi ! Je ne veux pas mourir, non, je ne veux pas mourir !... » [...]

## Chapitre 8

## Le montreur de marionnettes fait cadeau de cinq pièces d'or à Pinocchio, mais Pinocchio se laisse embobiner par le Renard et le Chat

[Pris de pitié, Mangefeu pardonne à Pinocchio. Ce dernier sauve ensuite la vie à Arlequin, que Mangefeu voulait brûler. Enfin, le montreur de marionnettes offre cinq pièces d'or à Pinocchio pour qu'il les porte à son « pauvre papa »...]

Pinocchio, on l'imagine sans peine, remercia mille fois Mangefeu, embrassa, l'une après l'autre, toutes les marionnettes de la troupe, même les gendarmes, puis, ne se tenant plus de joie, se mit en route pour rentrer chez lui. Mais il n'avait pas fait cinq cents mètres qu'il rencontra sur son chemin un Renard boiteux d'un pied et un Chat aveugle des deux yeux, qui s'en allaient clopin-clopant, s'aidant l'un l'autre, en bons compagnons de malheur. Le Renard, qui était boiteux, marchait en s'appuyant sur le Chat ; et le Chat, qui était aveugle, se laissait guider par le Renard.

« Bonjour, Pinocchio ! dit le Renard en saluant gracieusement.

– Comment sais-tu mon nom ? demanda le pantin.

– Je connais très bien ton papa.

– Où l'as-tu vu ?

– Je l'ai vu hier soir sur le seuil de sa maison.

– Et que faisait-il ?

– Il était en manches de chemise et il grelottait.

– Pauvre papa ! Mais si Dieu m'aide, à partir d'aujourd'hui il ne grelottera plus !…

– Pourquoi ?

– Parce que je suis devenu un grand seigneur.

– Toi, un grand seigneur ? » s'exclama le Renard, qui éclata d'un rire vulgaire et railleur ; le Chat riait aussi, mais, pour n'en rien laisser paraître, il lissait sa moustache avec ses pattes de devant.

« Il n'y a pas de quoi rire, s'écria Pinocchio, irrité. Désolé de vous mettre l'eau à la bouche, mais, si vous vous y connaissez, dans celles-ci vous reconnaîtrez cinq merveilleuses pièces d'or. »

Et il sortit les pièces que Mangefeu lui avait données.

Au tintement sympathique de ces pièces, le Renard allongea involontairement sa jambe qui semblait raide, et le Chat ouvrit tout grands ses deux yeux pareils à deux lanternes vertes ; mais il les referma aussitôt, si bien que Pinocchio ne s'aperçut de rien.

« Et maintenant, interrogea le Renard, que vas-tu faire de cet or ?

– Avant tout, répondit le pantin, je veux acheter pour mon papa un beau veston neuf, tout en or et en argent avec des boutons de diamant. J'achèterai ensuite un Abécédaire pour moi.

– Pour toi ?

– Bien sûr, car je veux aller à l'école et me mettre à travailler pour de bon.

– Regarde-moi ! dit le Renard. C'est pour avoir eu la sotte passion de l'étude que j'ai perdu une jambe.

– Regarde-moi ! dit le Chat. C'est pour avoir eu la sotte passion de l'étude que j'ai perdu la vue de mes deux yeux. »

À cet instant un Merle blanc[1] qui se tenait perché sur la haie voisine fit entendre son sifflement habituel, et dit :

« Pinocchio, n'écoute pas les conseils des gens de mauvaise compagnie ; sinon tu t'en repentiras ! »

Pauvre Merle, il eût mieux fait de ne rien dire ! Le Chat fit un grand saut et s'élança sur lui, et sans même lui donner le temps de dire *aïe* il l'avala d'une seule bouchée, avec les plumes et tout le reste.

Quand le Chat eut fini de manger et qu'il se fut bien nettoyé le museau, il ferma les yeux et recommença à faire l'aveugle comme auparavant.

« Pauvre Merle ! dit Pinocchio en s'adressant au Chat, pourquoi l'as-tu traité si mal ?

– Pour lui donner une leçon. Une autre fois, il apprendra à ne pas se mêler des affaires des autres. »

Ils avaient fait plus de la moitié du chemin, quand le Renard, s'arrêtant soudain, dit à Pinocchio :

« Veux-tu doubler ta fortune ?

– Qu'est-ce à dire ?

– Veux-tu, de ces cinq misérables sequins[2], en faire cent, mille, deux mille ?

– Si seulement !... Mais comment ?

– Le moyen est bien simple. Au lieu de retourner chez toi, tu devrais venir avec nous.

– Et où me conduirez-vous ?

---

**1.** ***Merle blanc*** : un merle blanc, c'est rarissime (comme les baleines blanches) ; l'oiseau est donc d'autant plus magique...

**2.** ***Sequins*** : le sequin (du vénitien *zecchino*) est une ancienne monnaie d'or frappée à Venise mais employée dans toute l'Italie ; à l'époque de Collodi, elle n'avait déjà plus cours.

– Au pays des Dindons[1]. »

Pinocchio réfléchit un instant, puis il dit, résolu :

« Non, je ne veux pas y aller. Maintenant, je suis tout près de chez moi, et je veux rentrer à la maison où m'attend mon papa. Dieu sait combien le pauvre vieux a dû avoir de chagrin hier, en ne me voyant pas revenir. Malheureusement j'ai été un mauvais fils, et le Grillon parlant avait bien raison lorsqu'il me disait : "Les enfants désobéissants ne peuvent pas trouver le bonheur en ce monde." Je l'ai éprouvé à mes dépens[2], car il m'est arrivé beaucoup de malheurs ; hier soir encore, dans la maison de Mangefeu, j'ai couru un grand danger… Brr ! j'en frémis rien que d'y penser.

– Ainsi, dit le Renard, tu veux absolument rentrer chez toi ? Alors, va-t'en, et tant pis pour toi !…

– Tant pis pour toi ! répéta le Chat.

– Réfléchis bien, Pinocchio ; tu donnes un coup de pied à la chance !

– À la chance ! répéta le Chat.

– En une seule nuit, tes cinq sequins deviendraient deux mille.

– Deux mille ! répéta le Chat.

– Mais comment peuvent-ils croître si vite ? demanda Pinocchio, la bouche bée d'étonnement.

– Je te l'explique sur-le-champ, dit le Renard. Sache qu'au pays des Dindons, il y a un champ sacré que l'on appelle le Champ des miracles. Tu fais dans ce champ un petit trou et tu y mets, par exemple, un sequin d'or ; puis tu

1. ***Le pays des Dindons*** : autrement dit, le pays des nigauds, comme dans l'expression « le dindon de la farce », c'est-à-dire la victime.

2. ***À mes dépens*** : à mes frais, pour mon malheur.

recouvres le trou avec un peu de terre, tu l'arroses avec deux seaux d'eau de fontaine, tu jettes dessus une pincée de sel et, le soir, tu t'en vas tranquillement au lit. Pendant la nuit le sequin germe et fleurit et, le lendemain matin, à ton lever, quand tu retournes dans le champ, que vois-tu ? Tu vois un bel arbre chargé d'autant de sequins d'or qu'un bel épi peut contenir de grains de blé au mois de juin.

– Ainsi donc, dit Pinocchio, toujours plus abasourdi, si j'enterrais dans ce champ mes cinq sequins, combien de sequins trouverais-je le lendemain matin ?

– C'est un calcul facile à faire, dit le Renard, un calcul que tu peux faire sur tes doigts. Suppose que chaque sequin te donne une grappe de cinq cents sequins : multiplie cinq cents par cinq et le lendemain matin tu te trouves possesseur de deux mille cinq cents sequins flambants et sonnants.

– Oh ! que c'est beau ! s'écria Pinocchio en dansant de joie. Dès que je les aurai ramassés, tous ces sequins, j'en prendrai deux mille pour moi et je vous ferai cadeau à vous deux des cinq cents autres.

– Un cadeau, à nous ! s'exclama le Renard, indigné et vexé. Dieu t'en garde !

– Dieu t'en garde ! répéta le Chat.

– Nous, reprit le Renard, nous ne travaillons pas par vil [1] intérêt : nous travaillons uniquement dans le but d'enrichir les autres.

– Les autres », répéta le Chat.

« Les braves gens ! » pensa Pinocchio dans son for intérieur [2]. Et plantant là son père, le veston neuf, l'Abécédaire

1. ***Vil*** : méprisable.
2. ***Dans son for intérieur*** : en lui-même.

et toutes les bonnes résolutions qu'il avait prises, il dit au Renard et au Chat :

« Partons tout de suite, je viens avec vous ! »

## Chapitre 9

## L'auberge de l'*Écrevisse rouge*

[Pinocchio, le Chat et le Renard marchent longtemps. Ils arrivent à l'auberge de l'*Écrevisse rouge*[1], où ils dînent, puis vont se coucher.]

[...] À peine Pinocchio fut-il couché qu'il s'endormit d'un coup et commença à rêver. Et en rêvant, il lui semblait qu'il se trouvait au milieu d'un champ couvert d'arbres chargés de grappes, et que ces grappes étaient chargées de sequins d'or, lesquels se balançaient au souffle du vent et faisaient *dling dling dling*, comme pour dire : « Qui en veut n'a qu'à en prendre ! » Mais au plus beau moment, quand Pinocchio allongea le bras pour prendre à pleines mains de ces belles pièces et les mettre dans sa poche, il fut réveillé brutalement par trois coups violents frappés à la porte de sa chambre.

C'était l'aubergiste qui venait l'avertir que minuit avait sonné.

« Mes compagnons sont-ils prêts ? demanda Pinocchio.

– Bien mieux, voilà deux heures qu'ils sont partis !

– Pourquoi étaient-ils si pressés ?

1. ***L'Écrevisse rouge*** : l'écrevisse est rouge quand elle est cuite, donc morte. Le nom de l'auberge devrait inciter Pinocchio à la prudence...

– Parce que le Chat a reçu un message l'avisant que l'aîné de ses chatons, qui avait des engelures aux pieds, était en danger de mort.

– Le dîner est-il réglé ?

– Comment ? Ce sont des gens trop bien élevés pour faire un pareil affront à Votre Seigneurie.

– Dommage ! Cet affront-là m'aurait fait grand plaisir ! » dit Pinocchio en se grattant la tête. Puis il demanda :

« Où m'ont-ils donné rendez-vous, mes bons amis ?

– Au Champ des miracles, demain matin, au point du jour. »

Pinocchio donna un sequin d'or pour son dîner et celui de ses compagnons, puis il partit.

Mais on peut dire qu'il partit à tâtons, car au-dehors il faisait noir, une nuit si noire qu'on n'y voyait pas à deux pas. Tout autour, dans la campagne, on n'entendait pas remuer une feuille. Seuls quelques vilains oiseaux nocturnes, en traversant la route d'une haie à l'autre, venaient battre de l'aile le nez de Pinocchio. De frayeur, le pantin se jetait en arrière et criait : « Qui va là ? » Et l'écho des collines voisines répétait dans le lointain : « Qui va là ? Qui va là ? Qui va là ? »

Tout en marchant, il aperçut sur le tronc d'un arbre un petit animal dont le corps brillait d'une lumière pâle et opaque, comme une veilleuse dans une lampe de porcelaine transparente.

« Qui es-tu ? lui demanda Pinocchio.

– Je suis l'ombre du Grillon parlant, répondit l'animal d'une voix très faible, qui semblait venir de l'autre monde.

– Que me veux-tu ? dit Pinocchio.

– Je veux te donner un conseil. Rebrousse chemin et apporte les quatre sequins qui te restent à ton pauvre père, qui pleure et se lamente de ne plus te voir.

– Demain mon papa sera un grand seigneur, car ces quatre sequins en auront produit deux mille.

– Ne te fie pas, mon enfant, à ceux qui te promettent de t'enrichir du matin au soir. En général, ce sont ou des fous ou des imposteurs[1] ! Écoute-moi, rebrousse chemin.

– Mais moi, au contraire, je veux continuer mon chemin.

– Il est tard !...

– Je veux continuer.

– La nuit est obscure...

– Je veux continuer.

– La route est dangereuse...

– Je veux continuer.

– Rappelle-toi que les enfants qui font ce qu'ils veulent et n'en font qu'à leur tête s'en repentent tôt ou tard.

– Toujours la même histoire ! Bonne nuit, Grillon !

– Bonne nuit, Pinocchio, et que le Ciel te préserve de la boue et des assassins ! »

Dès qu'il eut prononcé ces dernières paroles, le Grillon parlant disparut comme une lumière s'éteint quand on souffle dessus, et la route redevint plus obscure qu'avant. [...]

[En chemin, Pinocchio se fait attaquer par le Chat et le Renard déguisés en « hommes noirs » ; bien qu'il se défende avec énergie et courage, les assassins le poursuivent, le rattrapent et le

1. ***Imposteurs*** : l'imposteur est celui qui cherche à abuser de la naïveté de quelqu'un par des paroles mensongères.

pendent à la branche d'un grand chêne. Non loin de là, une Fillette aux cheveux bleus[1], pâle comme une morte, assiste à la scène...]

## Chapitre 10

### La belle Fillette aux cheveux bleus recueille le pantin, et appelle trois médecins pour savoir s'il est vivant ou mort

Tandis que le pauvre Pinocchio, pendu par les assassins à une branche du Grand Chêne, paraissait désormais plus mort que vif, la belle Fillette aux cheveux bleus se mit de nouveau à sa fenêtre et fut prise de pitié à la vue de ce malheureux qui, suspendu par le cou, dansait le rigodon[2] au souffle de la tramontane. Elle frappa trois fois dans ses mains en faisant trois petits coups.

À ce signal, on entendit un grand bruit d'ailes qui volaient avec une fougue impétueuse, et un gros Faucon vint se poser sur l'appui de la fenêtre.

« Que commandez-vous, ma gracieuse Fée ? dit le Faucon en inclinant son bec en guise de révérence (car il faut savoir que la Fillette aux cheveux bleus n'était autre qu'une très bonne Fée, qui depuis plus de mille ans habitait les environs de la forêt).

– Vois-tu ce pantin pendu à une branche du Grand Chêne ?

1. ***Une Fillette aux cheveux bleus*** : cette couleur a inspiré à Walt Disney l'idée de la Fée Bleue.
2. ***Rigodon*** : ancienne danse vive et gaie.

– Je le vois.

– Eh bien, vole là-bas immédiatement, romps avec ton bec si fort le nœud qui le tient suspendu, et étends-le délicatement sur l'herbe, au pied du Chêne. »

Le Faucon s'envola, et deux minutes après il revint en disant :

« J'ai fait ce que vous m'avez commandé.

– Et comment l'as-tu trouvé ? Mort ou vivant ?

– À le voir, il semblait mort, mais il ne doit pas l'être encore pour de bon, car à peine ai-je détaché le nœud coulant qui lui serrait la gorge qu'il a émis un soupir, en balbutiant tout bas : “Maintenant, je me sens mieux !...” »

Alors la Fée frappa dans ses mains, appela deux fois, et l'on vit apparaître un magnifique Caniche qui marchait droit sur ses pattes arrière, tout comme un homme.

Le Caniche était vêtu comme un cocher en livrée [1] de gala. Il avait sur la tête un tricorne à galons dorés posé sur une perruque blanche dont les boucles lui descendaient dans le cou. Il portait une redingote couleur chocolat avec des boutons de diamant et deux grandes poches pour y mettre les os dont lui faisait cadeau sa maîtresse pour son déjeuner. Sa culotte courte était de velours cramoisi [2]. Il était chaussé de bas de soie et de souliers échancrés, et derrière il portait une sorte de fourreau de parapluie, en satin bleu, pour y ranger sa queue lorsqu'il commençait à pleuvoir.

« Viens ici, mon brave Médor ! dit la Fée au Caniche, attelle vite le plus beau de mes carrosses et dirige-toi vers

1. ***Livrée*** : uniforme que portaient autrefois tous les domestiques d'un même seigneur.

2. ***Cramoisi*** : rouge très sombre.

la forêt. Quand tu seras arrivé près du Grand Chêne, tu trouveras, étendu sur l'herbe, un pauvre pantin à moitié mort. Prends-le délicatement, dépose-le tout aussi délicatement sur les coussins de la voiture, et transporte-le ici. Tu as bien compris ? »

Le Caniche, pour montrer qu'il avait compris, remua trois ou quatre fois le fourreau de satin bleu qu'il avait à l'arrière, et partit aussi vite qu'un cheval de course.

On vit bientôt sortir de la remise un beau carrosse couleur de l'air, tout matelassé de plumes de canari et tapissé, à l'intérieur, de crème chantilly et de biscuits à la crème. Le carrosse était tiré par cent couples de souris blanches, et le Caniche, assis sur le siège, faisait claquer le fouet à droite et à gauche, comme un cocher qui a peur d'être en retard.

Un quart d'heure ne s'était pas écoulé que la voiture revint. La Fée, qui attendait sur le pas de la porte, prit dans ses bras l'infortuné pantin, le porta dans une petite chambre aux parois de nacre, et fit venir les médecins les plus renommés du voisinage.

Les médecins arrivèrent aussitôt, l'un après l'autre. Il y avait un Corbeau, une Chouette et un Grillon parlant.

« Messieurs, dit la Fée en s'adressant aux trois médecins réunis autour du lit de Pinocchio, je voudrais que vous me disiez si ce malheureux pantin est mort ou vivant !... »

À cette demande, le Corbeau, s'avançant le premier, tâta le pouls de Pinocchio, puis son nez, puis son petit doigt de pied et, quand il l'eut bien tâté, il prononça solennellement ces paroles :

« À ce que je crois, le pantin est bel et bien mort. Mais si, par hasard, il n'était pas mort, ce serait alors un indice certain de ce qu'il est encore vivant !

– Je regrette, dit la Chouette, d'être obligée de contredire le Corbeau, mon illustre confrère et ami. Pour moi, au contraire, le pantin est toujours vivant ; mais si par malheur il n'était pas vivant, cela signifierait alors qu'il est vraiment mort.

– Vous ne dites rien ? demanda la Fée au Grillon parlant.

– Moi je dis qu'un médecin prudent, lorsqu'il ne sait que dire, ferait mieux de se taire. Du reste, la physionomie [1] de ce pantin n'est pas nouvelle pour moi. Je le connais depuis un moment ! »

Pinocchio, qui jusque-là était resté immobile comme un véritable morceau de bois, fut pris d'une sorte de tremblement convulsif qui agita tout le lit.

« Ce pantin-là, poursuivit le Grillon parlant, est un fripon invétéré [2]… »

Pinocchio ouvrit les yeux et les referma aussitôt.

« C'est un vilain, un fainéant, un vagabond… »

Pinocchio se cacha la figure sous les draps.

« Ce pantin-là est un fils désobéissant qui fera mourir de chagrin son pauvre papa !… »

À cet instant, on entendit dans la chambre un bruit de pleurs et de sanglots étouffés. Imaginez la stupéfaction de tout le monde lorsqu'on constata, en soulevant le drap, que c'était Pinocchio qui pleurait et sanglotait.

« Quand le mort pleure, dit solennellement le Corbeau, cela signifie qu'il est en voie de guérison.

– Je regrette d'avoir encore à contredire mon illustre confrère et ami, ajouta la Chouette. Mais, à mon avis, quand le mort pleure, cela signifie qu'il regrette de mourir. »

---

1. ***Physionomie*** : air, apparence du visage.
2. ***Invétéré*** : l'équivalent de « sacré » : un sacré voleur…

## Chapitre 11

## Pinocchio guérit mais fait un nouveau mensonge

[Après avoir refusé d'avaler son médicament, Pinocchio effrayé par l'arrivée des croque-morts accepte finalement de se soigner.]

[...] La Fée, en le voyant courir et gambader dans la chambre, alerte et gai comme un jeune coq, lui dit :

« Alors, est-ce que mon médicament t'a guéri ?

– Mieux que guéri ! Il m'a ressuscité !

– Alors pourquoi t'être fait tant prier pour l'avaler ?

– C'est que nous autres, les petits garçons, nous sommes tous les mêmes ! Les médicaments nous font plus peur que le mal.

– C'est honteux ! Les enfants devraient savoir qu'un bon médicament pris à temps peut les sauver d'une grave maladie et même de la mort...

– Oh ! mais une autre fois, je ne me ferai pas tant prier. Je me rappellerai ces vilains lapins noirs, avec un cercueil sur leurs épaules... et alors je prendrai vite le verre, et hop !

– Maintenant, viens un peu auprès de moi et raconte-moi comment il se fait que tu es tombé entre les mains des assassins.

– C'est que Mangefeu, le montreur de marionnettes, m'avait donné cinq pièces d'or, en me disant : "Tiens, porte-les à ton papa !" et moi, chemin faisant, je rencontrai le Renard et le Chat, des gens très comme il faut, qui me dirent : "Veux-tu changer ces quelques écus en mille et deux

■ La Fée bleue sous les traits de Gina Lollobrigida dans *Les Aventures de Pinocchio* de Luigi Comencini (1972).

mille écus ? Viens avec nous et nous te conduirons au Champ des miracles." Je répondis : "Allons-y !" et eux dirent : "Arrêtons-nous à l'auberge de l'*Écrevisse rouge*. Nous repartirons après minuit." Et moi, quand je me réveillai, ils n'étaient plus là, parce qu'ils étaient partis. Alors je me mis à marcher dans la nuit, qui était d'une noirceur impossible, si bien que je rencontrai sur ma route deux assassins dans des sacs à charbon, qui me dirent : "Sors ton or !" et je répondis : "Je n'ai rien", car mes quatre pièces d'or, je les avais cachées dans ma bouche ; puis un des assassins essaya d'y mettre la main, et d'un coup de dents je lui coupai la main et la recrachai, mais au lieu d'une main, c'est une patte de chat que je crachai. Les assassins se mirent alors à courir après moi et je courus, et je courus !... mais ils me rattrapèrent et m'attachèrent par le cou à un arbre de cette forêt en me disant : "Demain, nous reviendrons ici ; toi tu seras mort, ta bouche sera ouverte et nous t'enlèverons les pièces d'or que tu as cachées sous ta langue."

– Et maintenant, où as-tu mis ces pièces d'or ? demanda la Fée.

– Je les ai perdues ! » répondit Pinocchio, qui mentait, car elles étaient dans sa poche.

Dès qu'il eut dit ce mensonge, son nez, qui était déjà long, s'allongea de deux doigts.

« Et où les as-tu perdues ?

– Dans la forêt voisine. »

À ce deuxième mensonge, le nez s'allongea encore.

« Si tu les as perdues dans la forêt voisine, dit la Fée, nous les chercherons et nous les retrouverons : car tout ce qu'on perd dans la forêt, on le retrouve.

– Ah ! maintenant je me rappelle, répliqua Pinocchio en s'embrouillant. Mes quatre pièces, je ne les ai pas perdues, mais je les ai avalées sans m'en apercevoir, en buvant votre médicament. »

À ce troisième mensonge, le nez de Pinocchio s'allongea d'une façon si extraordinaire que le malheureux ne pouvait plus se tourner d'aucun côté. S'il se tournait à droite, son nez tapait dans le lit ou dans les carreaux de la fenêtre, s'il se tournait à gauche, c'est dans les murs ou la porte de la chambre que le nez battait, s'il essayait de lever un peu la tête, il risquait de crever l'œil de la Fée.

La Fée le regardait, et elle riait.

« Pourquoi riez-vous donc ? interrogea Pinocchio tout confus et soucieux de son nez qui grandissait à vue d'œil.

– Je ris du mensonge que tu as dit.

– Comment savez-vous que j'ai dit un mensonge ?

– Les mensonges, mon enfant, sont vite découverts, car il y en a de deux espèces : ceux qui ont les jambes courtes et ceux qui ont le nez long. Le tien est justement de ceux qui ont le nez long. »

Pinocchio, ne sachant plus où cacher sa honte, essaya de s'enfuir de la chambre, mais ce fut impossible. Son nez s'était tellement allongé qu'il ne passait plus par la porte.

# Chapitre 12

## Pinocchio retrouve le Renard et le Chat et va semer les quatre pièces d'or dans le Champ des miracles

Comme vous pouvez le penser, la Fée laissa Pinocchio pleurer et hurler pendant une bonne demi-heure, parce que son nez ne pouvait pas passer par la porte de la chambre ; c'était pour lui donner une sévère leçon et le corriger de son vilain défaut de dire des mensonges, le plus vilain défaut pour un enfant. Mais quand elle le vit comme défiguré, les yeux sortant de la tête – tel était son désespoir –, elle s'émut, battit des mains et, à ce signal, fit irruption dans la chambre un millier de ces gros oiseaux que l'on appelle *piverts*, qui vinrent se poser sur le nez de Pinocchio et commencèrent à le becqueter, tant et si bien qu'au bout de quelques minutes ce nez énorme et disproportionné se trouva réduit à sa grandeur naturelle.

« Que vous êtes bonne, ma chère Fée ! dit Pinocchio en s'essuyant les yeux, et comme je vous aime.

– Je t'aime bien aussi, moi, repartit la Fée, et si tu veux rester avec moi, tu seras mon petit frère, et je serai pour toi une sœur…

– Je resterais bien volontiers… mais mon pauvre papa ?

– J'ai pensé à tout. Ton papa est déjà prévenu ; avant qu'il fasse nuit, il sera ici.

– Vraiment ? s'écria Pinocchio en sautant de joie. Alors, ma bonne Fée, si vous êtes d'accord, j'aimerais aller à sa rencontre. Il me tarde d'embrasser ce pauvre vieux qui a tant souffert pour moi !

– Va donc, mais veille à ne pas te perdre. Prends le chemin de la forêt, je suis sûre que tu le rencontreras. »

Pinocchio partit. Dès qu'il fut entré dans la forêt, il se mit à courir comme un chevreuil. Mais arrivé à un certain endroit, presque en face du Grand Chêne, il s'arrêta car il lui sembla entendre des gens parmi les branches. En effet, il vit paraître devant lui, devinez qui ?... Le Renard et le Chat, ses deux compagnons de voyage, avec qui il avait dîné à l'auberge de l'*Écrevisse rouge*.

« Voici notre cher Pinocchio, s'écria le Renard en se jetant à son cou pour l'embrasser et le couvrir de caresses. Comment te trouves-tu ici ?

– Comment te trouves-tu ici ? répéta le Chat.

– C'est une trop longue histoire, dit le pantin, je vous la raconterai plus tard. Sachez cependant que la nuit dernière, quand vous m'avez laissé seul à l'auberge, je suis parti et j'ai rencontré sur mon chemin les assassins...

– Les assassins ?... Oh ! pauvre ami ! Et que te voulaient-ils ?

– Ils voulaient me voler mes pièces d'or.

– Les coquins ! dit le Renard.

– Les fieffés [1] coquins ! répéta le Chat.

– Mais je me mis à fuir, continua Pinocchio, et eux me poursuivaient. Tant et si bien que, m'ayant rejoint, ils m'ont pendu à une branche de ce chêne... »

Et Pinocchio indiqua le Grand Chêne qui se trouvait à deux pas.

---

1. ***Fieffés*** : le mot « fieffé » accolé à un défaut veut dire qu'on a ce défaut très profondément : un fieffé menteur, un fieffé voleur.

« Peut-on concevoir quelque chose de pire ? dit le Renard. Dans quel monde sommes-nous condamnés à vivre ! Où trouver un refuge sûr pour nous autres, honnêtes gens ? »

Pendant ce dialogue, Pinocchio s'aperçut que le Chat boitait de la jambe droite de devant, car il lui manquait tout un bout de patte, avec les griffes. Alors il lui demanda :

« Qu'as-tu fait de ta patte ? »

Le Chat allait répondre quelque chose, mais il s'embrouilla. Alors le Renard dit :

« Mon ami est trop modeste, c'est pourquoi il ne répond pas. Je répondrai donc pour lui. Sache qu'il y a une heure nous avons rencontré sur la route un vieux loup, à moitié mort de faim, qui nous a demandé l'aumône. N'ayant rien à lui donner, pas même une arête de poisson, qu'a fait mon ami, qui a vraiment la grandeur d'âme de César [1] ? Avec ses dents il s'est coupé une patte de devant et l'a jetée à cette pauvre bête pour que cesse son jeûne. »

Et, en parlant ainsi, le Renard essuya une larme.

Pinocchio, ému lui aussi, s'approcha du Chat et lui murmura à l'oreille :

« Ah ! si tous les chats étaient comme toi, que les souris seraient heureuses !

– Et maintenant que fais-tu en ce lieu ? demanda le Renard à Pinocchio.

– J'attends mon papa qui doit passer par ici d'un moment à l'autre.

– Et tes pièces d'or ?

---

1. ***De César*** : de Jules César, considéré comme le plus grand des empereurs romains.

– Je les ai toujours dans ma poche, moins une, que j'ai dépensée à l'auberge de l'*Écrevisse rouge*.

– Et dire qu'au lieu de quatre pièces, demain elles pourraient être mille et deux mille ! Pourquoi n'écoutes-tu pas mes conseils ? Pourquoi ne vas-tu pas semer tes écus dans le Champ des miracles ?

– Aujourd'hui c'est impossible ; j'irai un autre jour.

– Un autre jour !... ce sera trop tard ! dit le Renard.

– Pourquoi ?

– Parce que le champ a été acheté par un grand seigneur et, dès demain, il ne sera plus permis à personne d'y semer de l'argent.

– À quelle distance se trouve le Champ des miracles ?

– À seulement deux kilomètres. Veux-tu venir avec nous ? Dans une demi-heure, nous y sommes ; tu sèmes bien vite tes quatre pièces, peu de temps après tu en récoltes deux mille, et ce soir tu reviens ici les poches pleines. Veux-tu venir avec nous ? »

Pinocchio hésita un peu à répondre, car sa bonne Fée lui revint à l'esprit, et aussi son vieux Geppetto et les conseils du Grillon parlant. Mais il finit par faire ce que font tous les enfants qui n'ont pas une once de cœur ni de jugeote. C'est-à-dire qu'il haussa les épaules et dit au Renard et au Chat :

« Allons-y. Je viens avec vous. »

Et ils partirent.

Après avoir marché pendant une demi-journée, ils arrivèrent dans un village qu'on appelait « Attrape-Nigauds[1] ». Pinocchio vit que les rues étaient peuplées de chiens pelés

1. ***Attrape-Nigauds*** : c'est ce village qui est situé dans le pays des Dindons (voir chap. 8, p. 51).

qui bâillaient de faim, de brebis tondues qui grelottaient de froid, de poulets sans crête ni barbillons[1] qui demandaient l'aumône d'un grain de maïs, de gros papillons qui ne pouvaient plus voler parce qu'ils avaient vendu leurs jolies ailes colorées, de paons sans queue qui avaient honte de se montrer, et de faisans qui sautillaient silencieusement, pleurant leur beau plumage d'or et d'argent à jamais perdu.

Au milieu de cette foule de gueux[2] et de pauvres honteux, passaient, de temps à autre, quelques carrosses seigneuriaux où se tenait quelque Renard ou quelque Pie voleuse ou encore quelque oiseau de proie.

« Mais où se trouve donc le Champ des miracles ? demanda Pinocchio.

– À deux pas d'ici. »

Aussitôt dit, aussitôt fait, ils traversèrent le village, et, quand ils furent hors des murs, ils s'arrêtèrent dans un champ isolé qui ressemblait en tout point aux autres champs.

« Nous y voilà, dit le Renard à Pinocchio. Maintenant, baisse-toi et creuse avec tes mains un petit trou dans la terre pour y mettre tes pièces d'or. »

Pinocchio obéit. Il creusa un trou, y posa les quatre pièces qui lui restaient, et combla le trou avec un peu de terre.

« Maintenant, dit le Renard, va au ruisseau tout près d'ici, prends un seau d'eau et arrose la terre à l'endroit où tu as semé. »

Pinocchio s'en fut au ruisseau mais, comme il n'avait pas de seau sous la main, il enleva une de ses savates, la remplit

1. ***Barbillons*** : petits morceaux de chair qui pendent sous le bec du coq.
2. ***Gueux*** : mendiants, personnes sans ressources.

d'eau et revint arroser la terre qui comblait le trou. Puis il demanda :

« N'y a-t-il rien d'autre à faire ?

– Rien d'autre ! répondit le Renard. Maintenant, nous pouvons nous en aller. Toi, tu reviendras dans vingt minutes, et tu trouveras l'arbrisseau déjà sorti du sol avec ses rameaux tout chargés d'or. »

Le pauvre pantin, fou de joie, remercia de tout cœur le Renard et le Chat, et leur promit un très beau cadeau.

« Nous ne voulons pas de cadeaux, répondirent ces deux brigands. Il nous suffit, pour être heureux, de t'avoir enseigné à t'enrichir sans te fatiguer. »

Cela dit, ils saluèrent Pinocchio et, lui souhaitant bonne récolte, ils s'en allèrent de leur côté.

## Chapitre 13

## Pinocchio est condamné à quatre mois de prison

De retour au village, le pantin se mit à compter les minutes une à une, et quand le moment lui parut venu, il reprit bien vite le chemin qui conduisait au Champ des miracles. Tandis qu'il marchait d'un pas rapide, son cœur battait bien fort et faisait *tic tac*, *tic tac*, comme une grosse horloge qui avance à toute allure. Et tout en marchant, il pensait en son for intérieur :

« Si, au lieu de mille écus, j'en trouvais deux mille sur les branches de l'arbre ?... Et si, au lieu de deux mille, j'en trouvais cinq mille !... Et si, au lieu de cinq mille, j'en trouvais cent mille ? Quel riche seigneur je deviendrais alors !...

Je voudrais avoir un beau palais, mille chevaux de bois et mille écuries pour pouvoir m'amuser, une cave remplie de sirops et de liqueurs, une bibliothèque garnie de fruits confits, de gâteaux, de brioches, de nougats et de gaufres à la crème fouettée. »

Et, tout en rêvant à ces beaux projets, il arriva à proximité du Champ des miracles et s'arrêta pour regarder si, par hasard, il n'apercevrait pas déjà un arbre aux rameaux chargés d'or, mais il ne vit rien. Il fit une centaine de pas : rien. Il entra dans le champ… il alla exactement jusqu'au petit trou où il avait enterré ses sequins : rien. […]

À ce moment-là il entendit un éclat de rire fuser dans ses oreilles. Levant la tête, il aperçut sur un arbre un gros Perroquet qui s'épouillait les quelques plumes qui lui restaient[1].

« Pourquoi ris-tu ? demanda Pinocchio d'une voix irritée.

– Je ris parce qu'en m'épouillant je me suis chatouillé sous l'aile. »

Pinocchio ne répondit pas ; il alla au ruisseau, remplit d'eau sa savate, et, de nouveau, il arrosa la terre qui recouvrait les pièces d'or.

Mais voici qu'un autre éclat de rire, plus impertinent même que le premier, se fit entendre dans la solitude silencieuse du champ.

« Enfin, s'écria Pinocchio, en se fâchant, peut-on savoir pourquoi tu ris, grossier Perroquet ?

– Je ris de ces dindons qui croient à toutes les sottises et qui se laissent piéger par ceux qui sont plus rusés qu'eux.

1. ***Les quelques plumes qui lui restaient*** : comme les autres habitants d'Attrape-Nigauds, le Perroquet a gaspillé tout ce qu'il possédait.

– Parlerais-tu de moi ?

– Oui, je parle de toi, mon pauvre Pinocchio, de toi, qui as si peu de jugeote, pour croire que les sequins peuvent être semés et récoltés dans les champs, comme l'on sème les flageolets et les courges. Moi aussi, je l'ai cru, autrefois. Et aujourd'hui, j'en suis puni ! Aujourd'hui – mais il est trop tard ! – j'en suis venu à croire que, pour amasser honnêtement quelques sous, il faut savoir les gagner, soit par le travail de ses mains, soit par l'intelligence de son cerveau.

– Je ne te comprends pas, dit le pantin qui commençait déjà à trembler de peur.

– Tant pis ! je m'explique ; ajouta le Perroquet. Sache que, pendant que tu étais au village, le Renard et le Chat sont revenus dans ce champ, qu'ils ont pris tes sequins cachés sous terre et se sont enfuis comme le vent. Maintenant, bien malin qui les rattrapera ! »

Pinocchio resta bouche bée et, ne voulant pas croire aux paroles du Perroquet, il commença à creuser de ses mains et de ses ongles la terre qu'il avait arrosée. Il creusa, creusa, creusa, il fit un trou si profond qu'on aurait pu y faire tenir debout une meule de paille – mais les pièces n'étaient plus là.

Pris de désespoir, il retourna au village en courant et alla droit au tribunal pour dénoncer au juge les deux malfaiteurs qui l'avaient volé.

Le juge était un singe de la race des Gorilles, un vieux singe respectable par son grand âge, sa barbe blanche et surtout ses lunettes d'or, dépourvues de verres, qu'il était obligé de porter continuellement à cause d'une inflammation des yeux dont il souffrait depuis plusieurs années.

En présence du juge, Pinocchio raconta dans le détail l'inique[1] tromperie dont il avait été la victime ; il donna le nom, le prénom et le signalement des malandrins[2], et il finit en demandant justice.

Le juge l'écouta avec une grande bienveillance, se montra très attentif à son récit, s'attendrit, s'émut. Et quand Pinocchio n'eut plus rien à dire, il allongea la main et fit sonner une petite clochette.

À cette sonnerie apparurent aussitôt deux mâtins[3] habillés en gendarmes.

Alors le juge, désignant Pinocchio, dit aux gendarmes :

« Ce pauvre diable a été dépouillé de quatre pièces d'or. Aussi, saisissez-le et mettez-le vite en prison. »

En entendant prononcer cette sentence[4], Pinocchio resta tout ahuri ; il voulut protester, mais les gendarmes, pour ne pas perdre de temps, lui fermèrent la bouche et le conduisirent en prison. […]

1. ***Inique*** : injuste.
2. ***Malandrins*** : (vieilli) voleurs, escrocs.
3. ***Mâtins*** : chiens de garde très puissants et rapides.
4. ***Sentence*** : la décision, le jugement.

# Chapitre 14

## Libéré de prison, Pinocchio se dirige vers la maison de la Fée, mais sur sa route il rencontre un horrible serpent

[Au bout de quatre mois, Pinocchio est finalement libéré. Il décide de rejoindre la maison de la Fée et, en chemin, se gronde lui-même d'avoir été oublieux de ses bonnes résolutions, ingrat avec son père comme avec la Fée.]

« [...] Et dire que si je suis encore en vie aujourd'hui, c'est bien à elle que je le dois !... Peut-on rencontrer un enfant moins affectueux et plus ingrat que moi ?... »

Il en était là de ses réflexions lorsque, soudain, il s'arrêta épouvanté et fit quatre pas en arrière.

Qu'avait-il vu ?

Il avait vu un gros Serpent étendu en travers de la route, qui avait la peau verte, les yeux de feu, et la queue dressée qui fumait comme un tuyau de cheminée [1].

Impossible d'imaginer la frayeur du pantin. Il s'éloigna à plus de cinq cents mètres et s'assit sur un tas de pierres, en attendant que le Serpent s'en allât vaquer à ses affaires [2] et le laissât libre de poursuivre son chemin.

---

**1.** Il s'agit donc plutôt d'un dragon ; mais si la cheminée a un tuyau, c'est qu'elle fonctionne au charbon : noter comment le texte mélange les époques. En italien, le mot *serpente* désigne, comme « serpent » en français, une personne odieuse et farouche.

**2.** ***Vaquer à ses affaires*** : s'occuper de ses affaires.

Il attendit une heure, deux heures, trois heures, mais le Serpent était toujours là, et même de loin Pinocchio apercevait l'éclat rouge de ses yeux de feu et la colonne de fumée qui s'élevait de la pointe de sa queue.

Finalement, s'imaginant qu'il avait du courage, le pantin s'avança jusqu'à quelques pas du Serpent, et d'une petite voix toute douce, insinuante et légère, il lui dit :

« Excusez-moi, monsieur le Serpent, faites-moi la faveur de vous retirer un tout petit peu, assez pour me laisser passer ! »

Ce fut comme parler à un mur. Personne ne bougea.

Pinocchio reprit alors de la même petite voix :

« Sachez, monsieur le Serpent, que je rentre chez moi où il y a mon papa qui m'attend, car il ne m'a pas vu depuis bien longtemps. Permettez-moi donc de poursuivre mon chemin. »

Il attendit un signe en réponse à cette prière, mais aucune réponse ne vint, et même, le Serpent, qui jusqu'alors avait paru gaillard et plein de vie, devint immobile et presque rigide. Ses yeux se fermèrent et sa queue cessa de jeter de la fumée.

« Et s'il était mort pour de vrai ? » se dit Pinocchio en se frottant les mains, tout content. Et, sans perdre de temps, il allait l'enjamber pour passer de l'autre côté de la route. Mais il avait à peine levé la jambe que le Serpent se redressa à l'improviste comme un ressort qui se détend, et le pantin, épouvanté, voulut reculer, mais il trébucha et tomba.

Et justement il tomba si maladroitement qu'il resta la tête plantée dans la boue du chemin et les jambes en l'air.

À la vue de ce pantin, la tête en bas, qui agitait ses jambes à toute allure, le Serpent fut pris d'un tel éclat de rire, qu'il rit, et il rit tant et tant, qu'à force il se rompit une veine du torse : et, cette fois, il mourut pour de bon. [...]

[Pinocchio, entré par effraction dans un champ pour y voler du raisin, est pris dans un piège à fouines[1]. Il est attrapé par le propriétaire du champ, un paysan qui le condamne à faire le chien et à aboyer pour garder son poulailler. Refusant de conclure un pacte de silence complice avec les fouines voleuses de poules, il les fait capturer et regagne sa liberté.]

## Chapitre 15

### Pinocchio pleure la mort de la belle Fillette aux cheveux bleus ; puis il rencontre un Pigeon qui le transporte au bord de la mer

Dès que Pinocchio ne sentit plus le poids très lourd et humiliant du collier autour de son cou, il s'enfuit à travers champs. Il ne s'arrêta pas une minute avant d'avoir atteint la grand-route, qui devait le ramener à la maison de la Fée.

1. ***Fouines*** : petits animaux carnivores qui se nourrissent de volailles.

Arrivé sur la grand-route, il se tourna pour examiner la plaine et il reconnut la forêt où il avait eu le malheur de rencontrer le Renard et le Chat ; parmi les arbres, il aperçut le sommet du Grand Chêne où il avait été pendu ; mais il eut beau regarder de tous côtés, il lui fut impossible de voir la petite maison de la belle Fillette aux cheveux bleus.

Il eut alors comme un triste pressentiment[1] et se mit à courir de toutes les forces qui lui restaient dans les jambes. En quelques minutes, il arriva au pré où s'élevait autrefois la petite maison blanche. Mais la petite Maison blanche n'y était plus. Il y avait, à sa place, une petite dalle de marbre où l'on lisait, en caractères d'imprimerie, ces lignes douloureuses :

CI-GÎT
LA FILLETTE AUX CHEVEUX BLEUS
MORTE DE CHAGRIN
POUR AVOIR ÉTÉ ABANDONNÉE PAR SON
PETIT FRÈRE PINOCCHIO

Je vous laisse à penser dans quel état resta Pinocchio lorsqu'il eut déchiffré tant bien que mal cette inscription. Il se jeta face contre terre et, couvrant de mille baisers ce marbre funéraire, il éclata en sanglots. Il pleura toute la nuit, et le lendemain, au lever du jour, il pleurait encore, bien que ses yeux eussent tari[2] la source de leurs larmes ; ses cris et ses lamentations étaient si perçants que toutes les collines des environs en répétaient l'écho. [...]

---

1. ***Pressentiment*** : l'idée que l'on se fait d'une chose avant même qu'elle ne se produise.
2. ***Tari*** : séché, asséché.

[À ce moment, passe un Pigeon voyageur ; apprenant le nom de Pinocchio et ému par sa tristesse, il lui propose d'aller rejoindre Geppetto qui, lui dit-il, cherche à rejoindre son fils en barque. Arrivé au bord de la mer, Pinocchio se jette à l'eau pour porter secours à son papa que les vagues éloignent du rivage.]

## Chapitre 16

### Pinocchio arrive dans l'île des Abeilles laborieuses et y retrouve sa Fée

[Après avoir nagé en vain toute la nuit sans retrouver son papa, Pinocchio est jeté au matin sur un rivage inconnu...]

Après avoir marché plus d'une demi-heure, il arriva à un petit village appelé « le pays des Abeilles laborieuses ». Les rues fourmillaient de gens qui couraient çà et là à leurs affaires. Tout le monde travaillait, tout le monde avait quelque chose à faire. On n'aurait trouvé ni un oisif ni un vagabond, même en cherchant avec une lanterne.

« J'ai compris, dit aussitôt ce paresseux de Pinocchio. Ce pays n'est pas fait pour moi. Je ne suis pas né pour travailler. »

Mais la faim le tourmentait, car il y avait plus de vingt-quatre heures qu'il n'avait rien mangé, pas même un plat de vesces[1].

Que faire ?

Il ne lui restait que deux moyens de calmer sa faim : ou bien demander un peu de travail, ou bien demander l'aumône d'un sou ou d'un morceau de pain.

---

**1.** ***Vesces*** : légumineuses de la famille des fèves et lentilles.

Il avait honte de demander l'aumône, car son papa lui avait dit que seuls les vieillards et les infirmes ont le droit de demander l'aumône. En ce monde, les vrais pauvres, ceux qui méritent l'aide et la compassion, sont uniquement ceux qui, pour des raisons d'âge ou de maladie, se trouvent condamnés à ne pouvoir gagner par eux-mêmes le pain nécessaire à leur subsistance. Tous les autres ont le devoir de travailler, et s'ils ne travaillent pas et souffrent de la faim, tant pis pour eux !

Entre-temps passa sur la route un homme harassé et essoufflé qui, à lui seul, traînait à grand-peine deux charrettes pleines de charbon.

Pinocchio, jugeant à sa physionomie [1] que ce devait être un brave homme, s'approcha et, baissant les yeux, tout honteux, lui dit à voix basse :

« Me feriez-vous la charité de me donner un sou ? car je meurs de faim.

– Pas seulement un sou, répondit le charbonnier, mais je t'en donnerai quatre, à condition que tu m'aides à traîner mes deux charrettes de charbon jusque chez moi.

– Vous me surprenez ! s'exclama le pantin, presque vexé. Sachez, pour votre gouverne, que je n'ai jamais fait l'âne : jamais je n'ai traîné des charrettes.

– Tant mieux pour toi ! répondit le charbonnier. Alors, mon garçon, si tu meurs vraiment de faim, mange deux belles tranches de ton orgueil et tâche de ne pas en faire une indigestion. »

Quelques minutes après passa un maçon, qui portait sur les épaules sa hotte de chaux.

---

1. ***Physionomie*** : voir la note 1, p. 59.

« Brave homme, feriez-vous la charité d'un sou à un pauvre gars qui bâille de faim ?

– Volontiers ; viens avec moi, porte cette chaux et, au lieu d'un sou, je t'en donnerai cinq.

– Mais la chaux est lourde, répliqua Pinocchio, et je ne veux pas me fatiguer.

– Si tu ne veux pas te fatiguer, mon garçon, continue à bâiller de faim, et grand bien te fasse ! »

En moins d'une demi-heure passèrent au moins vingt personnes, à qui Pinocchio demanda l'aumône, et qui toutes lui répondirent :

« Tu n'as pas honte ! Au lieu de traîner dans la rue, tu ferais mieux d'aller chercher un peu de travail et d'apprendre à gagner ton pain. »

Enfin passa une brave femme qui portait deux cruches d'eau.

« Permettez-moi, bonne dame, de boire deux gorgées d'eau dans votre cruche », demanda Pinocchio qui brûlait d'une soif ardente.

« Bois donc, mon garçon », dit la brave femme en posant ses deux cruches à terre.

Quand Pinocchio eut bu comme une éponge, il marmonna en s'essuyant la bouche :

« J'ai calmé ma soif. Si seulement je pouvais faire de même avec ma faim. »

La brave femme, en entendant ces paroles, ajouta :

« Si tu m'aides à porter une de ces cruches d'eau chez moi, je te donnerai un bon morceau de pain. »

Pinocchio regarda la cruche et ne dit ni oui ni non.

« Avec le pain, je te donnerai une belle assiette de chou-fleur assaisonné à l'huile et au vinaigre, ajouta la brave femme. »

Pinocchio jeta un nouveau coup d'œil vers la cruche et ne répondit ni oui ni non.

« Et, après le chou-fleur, je te donnerai une belle dragée à la liqueur. »

Séduit par cette dernière promesse, Pinocchio ne sut plus résister, et, courageusement, il dit :

« C'est bon ! Je porterai votre cruche jusque chez vous. »

La cruche était très lourde et Pinocchio, n'ayant pas la force de la tenir avec les bras, se résigna à la porter sur sa tête.

Quand ils furent arrivés à la maison, la brave femme fit asseoir Pinocchio devant une petite table où le couvert était mis, et posa devant lui le pain, le chou-fleur assaisonné et la dragée à la liqueur.

Pinocchio ne mangea pas, il engloutit tout. Son estomac ressemblait à une maison restée vide et inhabitée depuis cinq mois.

Lorsqu'il eut à peu près calmé les morsures de la faim, il leva la tête pour remercier sa bienfaitrice, mais il n'avait pas encore fini de considérer son visage qu'il lança un très long *oh !* d'étonnement, et il resta là, émerveillé, les yeux écarquillés, la fourchette en l'air, la bouche pleine de pain et de chou-fleur.

« Et de quoi est-ce que tu t'émerveilles ? dit en riant la bonne dame.

– C'est..., répondit Pinocchio en balbutiant. C'est... c'est... que vous ressemblez... vous me rappelez... oui, oui, oui... c'est la même voix... les mêmes yeux... les mêmes cheveux… oui, oui, oui… vous aussi vous avez les cheveux bleus… comme elle !… Oh ma Fée !… Oh ma chère petite Fée !… dites-moi que c'est vous !… que c'est bien vous !… Ne me faites plus pleurer ! J'ai tant pleuré !… Si vous saviez !… j'ai tant souffert !… »

Et, tout en parlant ainsi, Pinocchio éclata en sanglots et, tombant à genoux devant la mystérieuse jeune femme, il lui embrassa les genoux.

[Pinocchio promet à la Fée d'être sage et d'étudier, car il est las de faire le pantin et veut devenir un bon petit garçon… Mais Pinocchio fréquente trop ses camarades, parmi lesquels de vrais garnements. Un jour, l'un deux annonce qu'un Requin gros comme une montagne a été vu… on se précipite sur la plage.]

## Chapitre 17

### Combat de Pinocchio avec ses camarades. L'un d'eux ayant été blessé, Pinocchio est arrêté par les gendarmes

Lorsqu'il fut arrivé sur le rivage, Pinocchio enveloppa immédiatement la mer de son regard, mais de Requin il n'en vit pas un seul. La mer était lisse comme le cristal d'un miroir.

« Où est le Requin ? demanda-t-il en se retournant vers ses camarades.

– Il a dû aller déjeuner, répondit en riant l'un d'entre eux.

– Il a dû se coucher pour faire un petit somme, dit un autre en riant plus fort encore. »

À ces réponses sans queue ni tête et à ces éclats de rire idiots, Pinocchio comprit que ses camarades l'avait bien attrapé en lui faisant croire quelque chose qui n'était pas vrai, et, fâché, il leur dit d'une voix irritée :

« Eh bien ! quel plaisir avez-vous trouvé à me raconter cette histoire du Requin ?

– Un grand plaisir !… répondirent en chœur ces garnements.

– Et lequel ?

– Celui de te faire manquer l'école et de t'emmener avec nous. Tu n'as pas honte de te montrer tous les jours exact et attentif aux leçons ? Tu n'as pas honte de travailler comme tu le fais ?

– Que vous importe que je travaille ?

– Il nous importe beaucoup, puisque tu nous fais passer pour des zéros devant le maître.

– Pourquoi ?

– Parce que les écoliers qui étudient poussent toujours dans l'ombre ceux qui, comme nous, n'ont pas envie d'étudier. Et nous ne voulons pas être dans l'ombre ! Nous aussi, nous avons notre amour-propre !…

– Alors, que dois-je faire pour vous contenter ?

– Tu dois, toi aussi, prendre en grippe l'école, les leçons et le maître, qui sont nos trois grands ennemis.

– Et si je voulais continuer à travailler ?

– Nous ne te regarderons plus en face et, à la première occasion, tu nous le paieras !…

– Vous me faites rire, en vérité ! dit le pantin en secouant la tête.

– Eh ! Pinocchio, lui dit le plus grand des garçons en se plantant en face de lui, il ne faut pas venir ici faire le fanfaron !… Si tu n'as pas peur de nous, nous non plus nous n'avons pas peur de toi. Songe que tu es seul et que nous sommes sept !

– Sept comme les péchés mortels [1] ! dit Pinocchio en éclatant de rire.

– Vous avez entendu : il nous a tous insultés ! Il nous a appelés "péchés mortels" !

– Pinocchio, présente-nous des excuses pour cette offense… sinon, malheur à toi !

– Coucou ! fit le pantin en frappant de son doigt la pointe du nez, en signe de moquerie.

– Pinocchio ! Cela finira mal…

– Coucou !

– Tu seras rossé [2] comme un âne !…

– Coucou !

– Tu rentreras chez toi le nez cassé !…

– Coucou !…

– Attends un peu ! Tu vas voir de quel bois je me chauffe ! s'écria le plus audacieux de ces garnements. En attendant, prends toujours cet acompte et garde-le pour ton souper. »

Ce disant, il appliqua un coup de poing sur la tête de Pinocchio.

Mais ce fut, comme l'on dit, un prêté pour un rendu : car le pantin, comme l'on devait s'y attendre, riposta sur-le-champ par un autre coup de poing ; et, en quelques instants, le combat devint général et acharné.

---

1. ***Péchés mortels*** : le péché est une faute commise contre la volonté de Dieu ; aux yeux de la religion, certains péchés sont véniels (pardonnables, sans gravité), d'autres mortels.

2. ***Rossé*** : roué de coups.

Pinocchio, bien qu'il fût seul, se défendait comme un héros. […]

[Dans la bagarre générale, l'un des enfants est blessé. Tous les enfants s'enfuient, mais Pinocchio qui est resté auprès de son camarade est arrêté à tort par les gendarmes. Il parvient à leur échapper en se précipitant dans la mer, poursuivi par leur chien Alidor, qu'il sauve de la noyade. Tout à coup un pêcheur le prend dans ses filets...]

## Chapitre 18

### Pinocchio court le danger d'être frit à la poêle, comme un poisson

[…] Quand le pêcheur eut sorti le filet hors de l'eau, il s'écria tout joyeux :

« Providence[1] bénie ! Aujourd'hui encore, je pourrai faire un festin de poisson ! »

« Heureusement, je ne suis pas un poisson ! » se dit Pinocchio qui commençait à reprendre courage.

Le filet tout plein de poissons fut transporté dans la grotte, une grotte sombre et tout enfumée, au milieu de laquelle trônait une poêle pleine d'huile, placée sur un foyer, qui répandait une odeur âcre de suif[2] à vous couper le souffle.

« Voyons un peu quels poissons nous avons pris ! » dit le pêcheur vert. Et plongeant dans le filet son énorme main,

1. ***Providence*** : à l'origine, la Sagesse divine qui pourvoit à tout et prévoit tout ce dont l'homme a besoin. Familièrement : Dieu.
2. ***Suif*** : graisse animale, que l'on faisait autrefois brûler pour éclairer.

qui ressemblait plutôt à une pelle à four, il tira une poignée de rougets.

« De bons rougets ! » dit-il en les regardant et en les reniflant avec satisfaction. Et après les avoir bien reniflés, il les jeta dans une cuvette sans eau.

Il répéta plusieurs fois la même opération : à mesure qu'il sortait les poissons, l'eau lui venait à la bouche, et, tressaillant de joie, il disait :

« Quels beaux merlans !... Oh ! les exquis mulets !... Les délicieuses soles !... Les succulentes araignées !... Qu'ils sont mignons, ces anchois avec leur jolie tête !... »

Comme vous pouvez l'imaginer, les merlans, les mulets, les soles, les araignées et les anchois allèrent tous pêle-mêle dans la cuvette, tenir compagnie aux rougets.

Le dernier qui resta dans le filet, ce fut Pinocchio.

Dès que le pêcheur l'eut sorti, la stupeur écarquilla ses yeux verts et il s'écria, un peu effrayé :

« À quelle race appartient ce poisson-là ? Je ne me rappelle pas en avoir mangé de la sorte. »

Et il le regarda encore, minutieusement ; après l'avoir examiné dans tous les sens, il conclut :

« J'ai trouvé ! ce doit être un crabe de mer. »

Alors, Pinocchio, mortifié de se voir pris pour un crabe, dit d'un ton mécontent :

« Crabe ou pas crabe, voyez un peu comme on me traite ! Sachez, pour votre gouverne[1], que je suis un pantin.

– Un pantin ? répliqua le pêcheur. C'est vrai, le Poisson-pantin est pour moi une nouveauté. Encore mieux ! Je te mangerai avec plus de plaisir.

---

1. ***Pour votre gouverne :*** voir la note 1, p. 38.

– Me manger ?... Mais voulez-vous comprendre que je ne suis pas un poisson ! N'entendez-vous pas que je parle et raisonne comme vous ?

– C'est très vrai, ajouta le pêcheur. Et comme je vois que tu es un poisson, et que tu as le bonheur de parler et de raisonner comme moi, j'aurai pour toi les égards[1] qui te sont dus.

– Et quels sont ces égards ?...

– En signe d'amitié et d'estime toutes particulières, je te laisserai le choix de ta cuisson. Désires-tu être frit à la poêle ou préfères-tu être cuit à la casserole avec de la sauce tomate ?

– À vrai dire, répondit Pinocchio, si je dois choisir, je préfère être laissé libre, pour retourner bien vite à la maison.

– Tu plaisantes ! Tu crois que je vais laisser filer l'occasion de goûter à un poisson aussi rare ? Il n'arrive pas tous les jours des Poissons-pantins dans ces mers ! Laisse-moi faire ! Je te ferai frire dans la poêle, en même temps que les autres poissons, et tu t'en trouveras bien. C'est toujours une consolation que d'être frit en compagnie ! »

À ce discours, le pauvre Pinocchio se mit à pleurer, à crier et à supplier ; et en sanglotant il disait : « Il aurait mieux valu que j'aille à l'école !... J'ai voulu suivre mes camarades et voilà comment je le paie maintenant ! Hi !... Hi !... Hi !... »

Comme il se tortillait telle une anguille et faisait des efforts incroyables pour s'échapper des griffes du pêcheur, celui-ci prit une écorce de jonc et, après l'avoir ficelé, pieds et poings liés, comme un saucisson, il le jeta au fond de la cuvette avec les autres.

1. ***Les égards*** : les attentions, les délicatesses.

Puis il sortit une grosse écuelle de bois pleine de farine et se mit à fariner tous ces poissons. À mesure qu'il les avait farinés, il les jetait dans la friture bouillante.

Les premiers à danser dans l'huile bouillante furent les pauvres merlans. Puis vinrent les araignées, les mulets, les soles et les anchois. Ce fut enfin le tour de Pinocchio qui, se voyant tout près de la mort (et quelle mort horrible !), fut pris d'une telle frayeur et d'une telle épouvante qu'il n'avait plus ni voix ni souffle pour demander grâce.

Le pauvre malheureux implorait du regard. Mais le pêcheur vert, sans y prêter la moindre attention, le roula cinq ou six fois dans la farine, et le farina si bien, des pieds à la tête, qu'on aurait dit un pantin de plâtre.

Il le prit ensuite par la tête, et…

## Chapitre 19

## Pinocchio retourne chez la Fée, qui lui promet que le lendemain il cessera d'être un pantin et qu'il deviendra un petit garçon

Au moment où le pêcheur allait jeter Pinocchio dans la poêle, un gros chien entra dans la grotte, attiré par l'odeur très forte et alléchante de la friture.

« Va-t'en ! lui cria le pêcheur menaçant, tenant toujours à la main le pantin fariné. »

Mais le pauvre chien, qui avait faim comme quatre, grognait et agitait la queue, et semblait dire : « Donne-moi un peu de friture et je te laisserai en paix. »

« Va-t'en, te dis-je ! » lui répéta le pêcheur, qui allongea la jambe pour lui donner un coup de pied.

Alors le chien, qui, lorsqu'il avait vraiment faim, n'avait pas l'habitude de se laisser faire, se retourna vers le pêcheur en jappant et en montrant ses crocs.

Au même moment, on entendit dans la grotte une toute petite voix qui disait :

« Sauve-moi, Alidor ! Si tu ne me sauves pas, je suis frit ! »

Le chien reconnut aussitôt la voix de Pinocchio et s'aperçut, à son grand étonnement, que cette petite voix venait du paquet enfariné que le pêcheur tenait dans sa main.

Que fait-il alors ? Il s'élance de terre, saisit dans sa bouche le paquet enfariné et, le tenant avec précaution entre ses dents, il sort en courant de la grotte et file comme une flèche !

Le pêcheur, enrageant de se voir enlever des mains ce poisson qu'il aurait mangé avec tant de plaisir, essaya bien de poursuivre le chien ; mais à peine eut-il fait quelques pas qu'il fut pris d'une quinte de toux qui l'obligea à s'en retourner.

Quand Alidor eut retrouvé le sentier qui conduisait au village, il s'arrêta et posa délicatement à terre son ami Pinocchio.

« Comme je te remercie ! dit le pantin.

– Ce n'est pas la peine, répondit le chien. Toi, tu m'as sauvé. Un service pour un bienfait ! On sait qu'en ce monde il faut savoir s'entraider.

– Mais par quel hasard es-tu arrivé jusqu'à cette grotte ?

– J'étais toujours ici étendu sur la plage, et plus mort que vif, lorsque le vent m'apporta une bonne odeur de friture. Cette odeur m'a ouvert l'appétit et j'ai cherché d'où elle venait. Si j'étais arrivé une minute plus tard !...

– Ah ! ne m'en parle pas ! cria Pinocchio, qui tremblait encore de peur. Si tu étais arrivé une minute plus tard, je serais, à cette heure, bel et bien frit, mangé et digéré. Brrr !... Je frissonne rien qu'à y penser !... »

Alidor, riant, tendit sa patte droite à Pinocchio qui la lui serra en signe de grande amitié, puis ils se séparèrent. [...]

[Pinocchio se dirige vers la maison de la Fée, plein de bonnes intentions. Mais la Limace-domestique tarde à lui ouvrir. Pinocchio, qui s'impatiente, donne un grand coup de pied dans la porte... et se retrouve la jambe coincée dans celle-ci.]

Le matin, au lever du jour, la porte s'ouvrit enfin. Cette brave Limace n'avait mis que neuf heures à descendre du quatrième étage jusqu'à la porte de la rue. Il faut dire qu'elle était trempée de sueur !

« Que faites-vous donc avec ce pied enfoncé dans la porte ? demanda-t-elle en riant à Pinocchio.

– C'est un malheur. Voyez donc un peu, ma belle Limace, si vous parvenez à me délivrer de ce supplice !

– Mon garçon, pour cela il faut un charpentier, et moi, je n'ai jamais été charpentière.

– Suppliez la Fée de ma part !...

– La Fée dort et ne veut pas qu'on la réveille.

– Que voulez-vous que je fasse toute la journée, cloué à cette porte ?

– Amuse-toi à compter les fourmis qui passent dans la rue.

– Apportez-moi au moins quelque chose à manger, car je me sens épuisé.

– Tout de suite ! » dit la Limace.

En effet, trois heures et demie après, Pinocchio la vit revenir avec un plateau d'argent sur la tête. Dans le plateau il y avait un pain, un poulet rôti et quatre abricots mûrs.

« Voici le déjeuner que vous envoie la Fée », dit la Limace.

À la vue de ce festin, le pantin se sentit tout consolé. Mais quel ne fut pas son désappointement lorsque, en commençant à manger, il s'aperçut que le pain était de plâtre, le poulet de carton et les quatre abricots en albâtre[1], colorés comme s'ils étaient vrais.

Il voulait pleurer, s'abandonner au désespoir, jeter au loin le plat et son contenu ; mais était-ce la douleur, était-ce la faiblesse, il tomba évanoui.

Quand il revint à lui, il se trouva étendu sur un sofa[2], et la Fée était à ses côtés.

« Pour cette fois encore je te pardonne, lui dit la Fée, mais gare à toi si tu fais encore des tiennes ! »

Pinocchio promit et jura que, désormais, il étudierait et se conduirait toujours bien. Et il tint parole pendant tout le reste de l'année. En effet, aux examens avant les vacances il eut l'honneur d'être le premier de l'école, et sa conduite fut jugée si satisfaisante, dans l'ensemble, que la Fée, tout heureuse, lui dit :

« Demain, enfin, ton grand désir sera exaucé.

– C'est-à-dire ?

– Demain tu cesseras d'être un pantin de bois et tu deviendras un bon petit garçon. »

---

1. ***Albâtre*** : pierre de la famille des gypses.
2. ***Sofa*** : de l'arabe *soffah*, canapé, divan.

Qui n'a pas vu la joie de Pinocchio, à cette nouvelle tant désirée, ne réussira guère à se la représenter. Tous ses amis et ses camarades de classe devaient être invités, le lendemain, à un grand goûter dans la maison de la Fée, pour célébrer ensemble le grand événement. La Fée avait fait préparer deux cents tasses de café au lait et quatre cents petits pains tartinés de beurre des deux côtés. Cette journée s'annonçait très belle et très joyeuse, mais…

Malheureusement, dans la vie des pantins, il y a toujours un *mais*, qui vient tout gâter.

[Pinocchio a pour ami Lumignon, le garçon le plus paresseux et le plus indiscipliné de l'école. Celui-ci le convainc, malgré ses bonnes résolutions, de partir avec lui au pays des Joujoux, où il n'y a ni maîtres, ni écoles, ni livres et où chaque semaine se compose de six jeudis [1] et d'un dimanche. Les enfants sont emmenés de nuit en diligence par un mystérieux Bonhomme-Cocher.]

## Chapitre 20

### Pinocchio mène pendant cinq mois la vie de cocagne [2] au pays des Joujoux

Ce pays ne ressemblait à aucun autre pays du monde. Toute la population était composée d'enfants. Les plus vieux avaient quatorze ans, les plus jeunes en avaient à peine huit. Dans les rues, une joie, un vacarme, un tintamarre à rendre fou. Partout, c'étaient des bandes de drôles.

1. ***Jeudis*** : autrefois, le jeudi était le jour où les écoliers ne travaillaient pas.
2. ***Cocagne*** : voir présentation p. 11.

Les uns jouaient aux noix, d'autres aux palets[1], d'autres à la balle ; les uns allaient en vélocipède[2], les autres sur des chevaux de bois ; les uns jouaient à colin-maillard, les autres faisaient la course ; certains, déguisés en paillasses[3], mangeaient de l'étoupe enflammée, d'autres récitaient, chantaient, faisaient des sauts périlleux ou s'amusaient à marcher sur les mains, les jambes en l'air. Il y en avait qui jouaient au cerceau, tandis que d'autres se promenaient, vêtus en généraux, avec un chapeau de papier et un escadron de carton. On riait, on hurlait, on appelait, on applaudissait, on sifflait, on essayait de chanter comme la poule qui vient de pondre. C'était un tel tapage, un tel gazouillis, un tel fracas de tous les diables qu'il fallait se mettre du coton dans les oreilles pour ne pas devenir sourd ! Sur toutes les places, on voyait des petits chapiteaux de théâtre remplis d'enfants du matin au soir, et sur les murs des maisons on lisait partout de superbes inscriptions au charbon dans le genre de celles-ci : *Vive les jouais* (au lieu de *jouets*), *Nous vouons plus des cols* (au lieu de *Nous ne voulons plus d'école*), *Aba Laride Métike !* (au lieu de *À bas l'arithmétique*) et d'autres perles de ce genre. [...]

En amusements continuels et en divertissements variés, les heures, les jours et les semaines passaient avec une rapidité insaisissable.

---

1. ***Palets*** : galets plats, employés dans une sorte de jeu de marelle.
2. ***Vélocipède*** : le nom complet du... vélo ! En 1856, Collodi explique dans un petit texte humoristique que le vélocipède, ancêtre de la bicyclette, avait été très critiqué à ses débuts, pour être instable et dangereux.
3. ***Paillasses*** : *Pagliaccio* est le bouffon classique du cirque italien, ainsi nommé du fait de son costume, taillé dans la toile des matelas de paille (paillasses).

« Ah ! la belle vie ! disait Pinocchio à Lumignon, chaque fois que, par hasard, ils se rencontraient.

– Tu vois donc que j'avais raison !... répliquait ce dernier. Et dire que tu ne voulais pas partir ! Et quand je pense que tu t'étais mis dans la tête de retourner chez la Fée pour perdre ton temps à étudier !... Si aujourd'hui tu es délivré de l'ennui des livres et de l'école, c'est à moi que tu le dois, à mes conseils, à ma sollicitude [1], conviens-en ! Il n'y a que les vrais amis qui sachent rendre de tels services.

– C'est vrai, Lumignon. Si je suis aujourd'hui vraiment heureux, tout le mérite t'en revient. Mais sais-tu ce que le maître me disait toujours en parlant de toi ? "Ne fréquente pas ce fripon de Lumignon, car Lumignon est un mauvais camarade et il ne peut que te conseiller mal !"

– Pauvre maître ! répliqua l'autre en hochant la tête, je sais malheureusement qu'il m'avait pris en grippe et qu'il se plaisait à me calomnier, mais je suis généreux et je lui pardonne.

– Bonne âme ! » dit Pinocchio en serrant affectueusement son ami dans ses bras et en lui donnant un baiser au milieu du front.

Cela faisait déjà cinq mois que durait cette vie de cocagne, toute de jeux et de divertissements à longueur de journée, sans qu'il fût jamais question de livres ni d'école, quand, un beau matin, Pinocchio, en se réveillant, eut, comme l'on dit, une très mauvaise surprise, qui le mit de très mauvaise humeur.

---

1. ***Sollicitude*** : attention affectueuse.

## Chapitre 21

## Il pousse à Pinocchio des oreilles d'âne, puis il devient un véritable ânon

« Et quelle fut cette surprise ?

– Je vais vous le dire, mes chers petits lecteurs. La surprise fut que Pinocchio, en se réveillant, se mit tout naturellement à se gratter la tête, et en se grattant la tête, il s'aperçut…

Devinez un peu de quoi s'aperçut Pinocchio ? »

Il s'aperçut, avec une frayeur stupéfiée, que ses oreilles avaient grandi de la largeur d'une main.

Vous savez que le pantin avait, de naissance, de toutes petites oreilles, des oreilles si petites qu'on les voyait à peine. Représentez-vous sa stupeur quand il toucha de ses mains ses oreilles qui, durant la nuit, étaient devenues comme des brosses de crin.

Vite, il courut chercher un miroir pour se regarder ; ne trouvant pas de miroir, il emplit d'eau la cuvette de sa table de toilette et, se mirant, il vit ce qu'il aurait voulu ne jamais voir : il vit son image ornée d'une magnifique paire d'oreilles d'âne.

Je vous laisse imaginer la douleur, la honte, le désespoir du pauvre Pinocchio !

Il se mit à pleurer, à crier, à se cogner la tête contre les murs. Mais plus il se désespérait, plus ses oreilles poussaient, poussaient, poussaient, en devenant velues vers le sommet.

Au bruit de ces cris très aigus, une jolie Marmotte, qui habitait l'étage au-dessus, entra dans la chambre. En voyant le pantin dans un tel état, elle lui demanda avec empressement :

« Qu'as-tu donc, mon cher petit voisin ?

– Je suis malade, jolie Marmotte, bien malade, malade d'une maladie qui me fait peur. Sais-tu prendre le pouls ?

– Un peu.

– Regarde donc si, par hasard, je n'aurais pas la fièvre !... »

La Marmotte leva sa patte droite de devant. Elle tâta le pouls de Pinocchio, puis lui dit, en soupirant :

« Mon ami, je regrette bien d'avoir à te donner une mauvaise nouvelle...

– C'est-à-dire ?

– Tu as une vilaine fièvre !

– Quelle fièvre ai-je donc ?

– La fièvre des ânes.

– Je ne connais pas cette fièvre, dit Pinocchio, qui n'avait que trop bien compris.

– Eh bien, je vais te l'expliquer, repartit la Marmotte. Sache donc que, d'ici deux ou trois heures, tu ne seras plus ni un pantin ni un enfant...

– Et que serai-je donc ?

– Dans deux ou trois heures, tu seras devenu un véritable ânon, comme ceux qui tirent les charrettes et qui portent les choux et la salade au marché.

– Oh ! pauvre de moi ! pauvre de moi ! s'écria Pinocchio en se prenant les oreilles avec les deux mains, et en les tirant et malmenant comme si elles étaient les oreilles d'un autre.

– Mon cher, répliqua la Marmotte, tu n'y peux rien. C'est ton destin. Il est écrit dans les livres de la sagesse que tous les enfants paresseux qui méprisent les livres, l'école et les maîtres, qui passent leurs journées en joujoux, jeux et divertissements, doivent tôt ou tard être transformés en petits ânes[1].

– C'est bien vrai ?

– Ce n'est que trop vrai. Et maintenant, les pleurs sont inutiles. Il fallait y penser plus tôt.

– Mais ce n'est pas ma faute. La faute, crois-le bien, petite Marmotte, est toute à Lumignon.

– Qui est donc ce Lumignon ?

– Un de mes camarades d'école. Je voulais retourner chez moi ; je voulais être obéissant ; je voulais continuer à travailler et à me faire honneur… mais Lumignon m'a dit : "Pourquoi veux-tu t'ennuyer à travailler ? Pourquoi veux-tu aller à l'école ? Viens donc plutôt avec moi au pays des Joujoux. Là, nous n'étudierons plus. Là, nous nous amuserons du matin au soir et nous serons toujours joyeux."

– Et pourquoi as-tu suivi le conseil de ce faux ami ? de ce mauvais camarade ?

– Pourquoi, ma petite Marmotte ? Parce que je suis un pantin sans jugement… et sans cœur. Oh ! si j'avais un brin de cœur, jamais je n'aurais abandonné cette bonne Fée, qui m'aimait comme une maman et qui avait tant fait pour moi !… À cette heure, je ne serais plus un pantin : je serais un bon petit garçon comme les autres. Ah ! mais si je le rencontre, Lumignon ! gare à lui ! Je lui donnerai son compte et plus encore ! »

1. ***Petits ânes*** : autrefois, les mauvais élèves étaient affublés par le maître d'un bonnet d'âne en guise de punition.

Et il se disposa à sortir. Mais alors qu'il franchissait le seuil, il se rappela qu'il avait des oreilles d'âne et, comme il avait honte de les montrer en public, qu'inventa-t-il ? Il prit un grand béret de coton et le mit sur sa tête, en l'enfonçant jusqu'au-dessous du bout de son nez.

Puis il sortit de chez lui et se mit à chercher Lumignon. Il le chercha dans la rue, sur les places publiques, dans les guignols, partout… mais il ne le trouva pas. Il demanda de ses nouvelles à tous ceux qu'il rencontrait. Personne ne l'avait vu.

Alors, il alla le chercher chez lui. Arrivé devant la porte, il frappa.

« Qui est là ? demanda Lumignon de l'intérieur.

– C'est moi, répondit Pinocchio.

– Attends un peu, je vais l'ouvrir. »

Une demi-heure après, la porte s'ouvrit, et figurez-vous l'ébahissement de Pinocchio en entrant dans la maison, quand il vit que son ami Lumignon avait sur la tête un grand béret de coton qui lui descendait jusqu'au nez ! Pinocchio se sentit presque consolé et songea aussitôt :

« Lumignon aurait-il la même maladie que moi ? Aurait-il, lui aussi, la fièvre des ânes ? »

Faisant mine de ne s'apercevoir de rien, Pinocchio lui demanda, le sourire aux lèvres :

« Comment vas-tu, mon cher Lumignon ?

– Très bien ; comme une souris dans un fromage de parmesan.

– Sérieusement ?

– Pourquoi mentirais-je ?

– Excuse-moi, mon cher, mais alors… Pourquoi portes-tu ce bonnet de coton qui te couvre les oreilles ?

– C'est le médecin qui me l'a ordonné, parce que je me suis fait mal au genou. Et toi, mon cher Pinocchio, pourquoi portes-tu ce bonnet de coton enfoncé jusqu'au bout du nez ?

– C'est le médecin qui me l'a ordonné, parce que je me suis écorché le pied.

– Ah ! pauvre Pinocchio !...

– Ah ! pauvre Lumignon !... »

Ces paroles furent suivies d'un silence prolongé pendant lequel les deux amis se regardèrent l'un l'autre d'un air moqueur.

Finalement, le pantin dit à son compagnon d'une petite voix mielleuse et flûtée :

« Je serais curieux de savoir, mon cher Lumignon, si tu as jamais souffert du mal d'oreilles ?

– Jamais !... Et toi ?

– Jamais ! Cependant, depuis ce matin, j'ai une oreille qui me tourmente.

– Je souffre du même mal.

– Toi aussi ?... Quelle est l'oreille qui te fait mal ?

– Toutes les deux. Et toi ?

– Toutes les deux. Aurions-nous la même maladie ?

– J'en ai bien peur.

– Veux-tu me faire une faveur, Lumignon ?

– Volontiers ! de tout cœur !

– Montre-moi tes oreilles.

– Pourquoi pas ? Mais auparavant je voudrais voir les tiennes, mon cher Pinocchio.

– Non, tu dois me les montrer le premier.

– Non, mon cher, montre les tiennes d'abord, je te montrerai les miennes ensuite.

– Eh bien ! dit le pantin, faisons un pacte comme de bons amis.

– Je t'écoute.

– Nous enlèverons tous les deux notre béret en même temps. Acceptes-tu ?

– J'accepte.

– Donc, attention !… » Et Pinocchio commença à compter à haute voix :

« Un !… Deux !… Et trois !… »

Au mot « trois », les deux enfants saisirent leurs bérets et les firent sauter en l'air.

Il se produisit alors une scène qui, si elle n'était vraie, paraîtrait invraisemblable. C'est-à-dire qu'en se voyant affligés tous les deux de la même disgrâce, Pinocchio et Lumignon, au lieu de se trouver humiliés et attristés, s'indiquaient l'un l'autre leurs oreilles démesurément grandies et, après maintes grimaces burlesques[1], finirent par rire aux éclats.

Ils rirent, ils rirent follement, mais, au plus beau de leur éclat de rire, Lumignon se calma soudain, puis, vacillant et changeant de couleur, il dit à son ami :

« Au secours, au secours, Pinocchio !

– Qu'as-tu ?

– Oh ! je n'ai plus la force de me tenir sur mes jambes.

– Moi non plus », s'écria Pinocchio en pleurant et en trébuchant.

Tandis qu'ils parlaient ainsi, ils ployèrent tous les deux à terre, et, marchant avec les mains et avec les pieds, ils se

1. ***Burlesques*** : drôles et extravagantes à la fois (de l'italien *burla*, plaisanterie).

mirent à tourner et à courir dans la chambre. Et tandis qu'ils couraient, leurs bras devinrent des pattes, leur visage s'allongea et devint un museau, et leur dos se couvrit d'une fourrure gris clair striée de noir.

Mais savez-vous quel fut le moment le plus douloureux et le plus humiliant ? Ce fut celui qu'ils éprouvèrent lorsqu'ils sentirent que, derrière, il leur poussait une queue. Vaincus alors par la honte et par la douleur, ils essayèrent de pleurer et de gémir sur leur sort.

Ne l'eussent-ils jamais fait ! Au lieu de plaintes et de lamentations, ils se mirent à braire comme des ânes ; à braire d'une façon sonore en faisant tous les deux, en chœur : *Hi-han !... Hi-han !... Hi-han !*

Au même moment, on frappa à la porte, et une voix du dehors leur cria :

« Ouvrez ! Je suis le petit Bonhomme, je suis le conducteur de la voiture qui vous ai amenés dans ce pays. Ouvrez-moi vite ou gare à vous ! »

## Chapitre 22

## Pinocchio, devenu un ânon, est vendu sur le marché

[Revendu par le Bonhomme-Cocher avec les autres ânes contre une grosse somme d'argent Pinocchio est emmené par son nouveau propriétaire, le directeur d'une troupe de paillasses [1].]

1. ***Paillasses*** : voir la note 3, p. 92.

[…] Pinocchio fut condamné, dès le début, à une existence très pénible et harassante[1].

Quand il conduisit Pinocchio dans son écurie, son propriétaire remplit le râtelier de paille ; mais Pinocchio en goûta une bouchée, puis la recracha.

Alors, le propriétaire, en grondant, remplit son râtelier de foin ; mais le foin lui déplut également.

« Ah ! le foin ne te plaît pas non plus ? cria le patron courroucé. Laisse faire, mon beau petit âne, si tu as des lubies[2], je saurai t'en faire passer l'envie !… »

Et, comme correction, il lui donna du fouet dans les jarrets.

De douleur, Pinocchio se mit à pleurer et à braire. En brayant, il disait :

« Hi-han ! Hi-han !… Je ne peux pas digérer la paille !…

– Alors, mange le foin, répliqua le propriétaire qui comprenait très bien le dialecte des ânes.

– Hi-han ! Hi-han !… Le foin me donne mal au ventre !…

– Tu prétends peut-être qu'un âne comme toi mérite d'être nourri de blancs de poulets et de chapon[3] en gelée ? » ajouta le patron, qui, de plus en plus en colère, lui donna un autre coup de fouet.

À cette nouvelle correction, Pinocchio, par prudence, se calma sur-le-champ et garda le silence.

Puis l'écurie fut fermée et Pinocchio resta seul. Comme il y avait plusieurs heures qu'il n'avait pas mangé, la faim

1. ***Harassante*** : épuisante.
2. ***Lubies*** : idées bizarres, illuminations.
3. ***Chapon*** : énorme poulet engraissé.

le faisait bâiller et, en bâillant, il ouvrait une bouche large comme un four.

À la longue, ne trouvant rien de mieux dans le râtelier, il se résigna à mâcher un peu de foin. Et après avoir longtemps, longtemps mâché, il ferma les yeux et avala…

« Ce foin n'est pas mauvais ! se dit-il alors à lui-même. Mais combien il eût mieux valu pour moi que je continue à étudier !… À cette heure, au lieu de foin, je mangerais un morceau de pain frais avec une tranche de saucisson. Hélas !… »

Le lendemain matin, à son réveil, Pinocchio chercha immédiatement dans le râtelier s'il y avait encore un peu de foin. Il n'en trouva pas, car il avait tout mangé pendant la nuit.

Alors il prit une bouchée de paille et la mâcha. Et tout en mâchant, il dut reconnaître que le goût de la paille ne rappelait nullement celui du risotto à la milanaise [1] ni celui des pâtes à la napolitaine [2].

« Hélas !… répéta-t-il en continuant à mâcher. Pourvu qu'au moins, mon malheur serve de leçon à tous les enfants désobéissants et qui n'ont pas l'amour du travail ! Hélas !… hélas !…

– Assez de hélas !… cria le patron, qui entrait à ce moment même dans l'écurie. Tu crois peut-être, mon bel ânon, que je t'ai acheté uniquement pour te donner à boire et à manger ? Je t'ai acheté pour que tu travailles et pour que tu me fasses gagner beaucoup d'argent. Donc, du courage !

1. ***Risotto à la milanaise*** : riz cuisiné avec de la moelle de bœuf, du vin blanc et du parmesan, comme à Milan, dans le nord de l'Italie.

2. ***Pâtes à la napolitaine*** : en sauce tomate avec ail, thym, origan, huile d'olive, comme à Naples, dans le sud de l'Italie.

Viens dans le Cirque avec moi, et là je t'apprendrai à sauter dans les cerceaux, à enfoncer avec la tête les tonneaux de papier, puis à danser la valse et la polka[1] debout sur tes pattes arrière. »

Le pauvre Pinocchio dut, de gré ou de force, apprendre toutes ces belles choses ; mais, pour les apprendre, il lui fallut trois mois de leçons et des coups de fouet à lui arracher le poil. [...]

[Le jour de la représentation arrive.]

Le Directeur fit une autre profonde révérence, puis s'adressant à Pinocchio, il lui dit :

« Courage, Pinocchio ! Avant de commencer vos exercices, saluez l'honorable assistance, ces seigneurs, ces dames et ces enfants. »

Pinocchio, docile, plia aussitôt ses deux genoux et resta prosterné jusqu'à ce que le Directeur, faisant claquer son fouet, lui dît :

« Au pas ! »

Alors l'ânon se dressa sur ses quatre pattes et se mit à tourner au pas autour de la piste.

Peu après, le Directeur cria :

« Au trot ! »

Et Pinocchio, obéissant au commandement, se mit à trotter.

« Au galop ! »

Et Pinocchio attaqua le galop.

« Au pas de course ! »

Et Pinocchio de prendre le pas de course.

---

1. ***Polka*** : danse polonaise très enjouée.

Mais, tandis qu'il courait comme un destrier[1], le Directeur, levant le bras, tira un coup de pistolet.

À ce coup le petit âne, feignant d'être blessé, tomba étendu sur la piste, comme s'il eut été vraiment mourant.

Puis il se releva au milieu d'une salve d'applaudissements, de cris et de hourras qui montaient jusqu'aux étoiles et, tout naturellement, il leva la tête et regarda en l'air… et en regardant il vit dans une loge une belle dame qui avait au cou une grosse chaîne en or à laquelle était attaché un médaillon. Sur ce médaillon était peint le portrait d'un petit pantin.

« Ce portrait, c'est le mien !… Cette dame, c'est la Fée », se dit Pinocchio en la reconnaissant aussitôt. Et, se laissant envahir par la joie, il essaya de crier :

« Oh ! ma petite Fée ! oh ma petite Fée !… »

Mais au lieu de ces paroles, il ne lui sortit du gosier qu'un *hi-han* sonore et prolongé qui fit rire tous les spectateurs du Cirque, en particulier les enfants.

Alors le Directeur, pour lui apprendre et lui faire comprendre qu'il ne convient pas de braire en présence du public, lui donna un coup de manche de fouet sur le nez.

Le pauvre âne sortit alors sa langue et se lécha le nez pendant cinq bonnes minutes, croyant peut-être laver la douleur qu'il avait ressentie.

Mais quel ne fut pas son désespoir lorsque, levant une seconde fois la tête, il constata que la loge était vide et que la Fée avait disparu !…

Il se sentit défaillir ; ses yeux s'emplirent de larmes et il sanglota. Personne, cependant, ne s'en aperçut, et le

1. ***Destrier*** : au Moyen Âge, cheval de bataille que l'écuyer conduisait de la main droite (dextre) quand il n'était pas monté.

Directeur moins que tout autre, qui au contraire ordonna, en faisant claquer son fouet :

« Très bien, Pinocchio ! Maintenant, montrez à l'assistance avec quelle grâce vous savez sauter dans les cerceaux. »

Pinocchio essaya deux ou trois fois ; mais chaque fois qu'il arrivait devant le cerceau, au lieu de le traverser, il se contentait de passer dessous, ce qui lui semblait plus commode. À la fin, il sauta et le traversa. Mais malencontreusement ses pattes de derrière restèrent prises dans le cerceau, de sorte qu'il retomba de tout son poids de l'autre côté.

Quand il se releva, il boitait, et ce fut à grand-peine qu'il put regagner l'écurie.

« Pinocchio !… Nous voulons le petit âne ! Le petit âne Pinocchio !… » criaient les enfants du parterre, émus et touchés par cette mésaventure.

Mais le petit âne ne reparut pas de la soirée.

Le lendemain matin le vétérinaire, c'est-à-dire le médecin des bêtes, examina Pinocchio et déclara qu'il resterait boiteux toute sa vie.

Le Directeur dit alors au palefrenier [1] :

« Que veux-tu que je fasse d'un âne boiteux ? Ce ne serait qu'une bouche de plus à nourrir. Conduis-le au marché et vends-le. »

Arrivés sur la place, ils trouvèrent tout de suite un acquéreur [2] qui demanda au palefrenier :

« Combien voulez-vous de cet âne boiteux ?

– Vingt lires.

---

1. ***Palefrenier*** : le préposé au soin des bêtes, chevaux et ânes.
2. ***Acquéreur*** : acheteur.

– Je t'en donne vingt sous. Ne crois pas que j'ai l'intention de le faire travailler. C'est uniquement pour sa peau que je l'achète. Je vois qu'il a la peau très dure, et avec sa peau je veux faire un tambour pour la fanfare de mon village. »

Je vous laisse à penser, mes enfants, le plaisir qu'éprouva le pauvre Pinocchio quand il entendit qu'il était destiné à devenir un tambour !

Le fait est que, dès que l'acheteur eut donné ses vingt sous, il conduisit l'âne au bord de la mer, lui mit une pierre au cou, l'attacha par une patte avec une corde dont il garda l'extrémité dans sa main, et soudain le poussa violemment et le jeta dans l'eau.

Pinocchio, avec cette pierre au cou, alla tout de suite au fond. Et l'acheteur, qui tenait toujours la corde bien serrée dans sa main, s'assit sur un rocher en attendant que l'âne eût tout le temps de se noyer et de mourir, afin de le dépouiller et de lui ôter la peau.

## Chapitre 23

### Pinocchio, jeté à la mer, est mangé par les poissons et redevient pantin comme auparavant ; puis il est avalé par le terrible Requin

Il y avait environ cinquante minutes que l'ânon était sous l'eau. L'acheteur dit alors, en se parlant à lui-même :

« À l'heure qu'il est, mon pauvre petit âne boiteux doit être bel et bien mort. Retirons-le donc et faisons de sa peau un bon tambour. »

Et il se mit à tirer la corde au bout de laquelle il avait attaché l'âne par la patte. Il tira, tira, tira... Et, à la fin, il vit apparaître à fleur d'eau... devinez quoi ? Au lieu d'un âne mort, il vit apparaître à fleur d'eau un pantin vivant, qui se tortillait comme une anguille.

À la vue de ce pantin de bois, le pauvre homme crut rêver et resta tout étonné, la bouche ouverte et les yeux exorbités.

Revenu un peu de sa stupeur, il balbutia en pleurant :

« Mais où est donc l'âne que j'ai jeté dans la mer ?

– Cet âne, c'est moi ! répondit le pantin en riant.

– C'est toi ?

– Moi.

– Ah ! vaurien ! Tu prétends te moquer de moi ?

– Me moquer de vous ? Bien loin de là, cher patron. Je vous parle sérieusement.

– Mais comment se fait-il que toi, qui étais un âne, tu sois devenu, dans l'eau, un pantin de bois ?

– Ce doit être un effet de l'eau de mer. La mer fait de ces plaisanteries-là.

– Prends garde, pantin, prends garde !... N'essaye pas de t'amuser à mes dépens. Malheur à toi si je perds patience !

– Eh bien, patron, voulez-vous savoir toute la vérité ? Détachez-moi cette jambe et je vous la raconterai. »

Le malheureux acheteur, curieux de connaître le fin mot [1] de l'histoire, défit aussitôt le nœud de la corde qui tenait le pantin attaché. Alors, Pinocchio, se retrouvant libre comme un oiseau dans les airs, lui dit :

« Sachez donc que j'étais autrefois un pantin de bois comme vous me voyez aujourd'hui. Je n'étais pas encore,

---

1. ***Le fin mot*** : le mot de la fin, celui qui donne la clé de l'histoire.

mais j'étais sur le point de devenir un petit garçon comme il y en a tant dans ce monde ; mais comme j'étais paresseux et que je suivais les mauvais compagnons, je m'échappai de la maison… et un beau matin en me réveillant, je me trouvai changé en âne, avec deux grandes oreilles… et une queue !… Quelle honte ce fut pour moi !… Une telle honte, cher patron, que je prie le bienheureux saint Antoine de vous en préserver à jamais ! On me vendit à la foire aux ânes et je fus acheté par le Directeur d'une troupe équestre [1] qui se fourra dans la tête de faire de moi un grand danseur et un sauteur de cerceaux. Mais, un soir, pendant le spectacle, je fis une mauvaise chute et je restai boiteux des deux jambes. Alors le Directeur, ne sachant que faire d'un âne boiteux, me fit revendre, et c'est vous qui m'avez acheté !

– Hélas ! Et dire que je t'avais payé vingt sous ! Et maintenant qui me rendra mes vingt sous ?

– Et pourquoi m'avez-vous acheté ? Vous m'avez acheté pour faire de ma peau un tambour !… un tambour !…

– Hélas ! Et maintenant où trouverai-je une autre peau !…

– Ne vous désespérez pas, patron. Les ânes ne manquent pas en ce monde !

– Dis-moi, petit impertinent, est-ce ici que finit ton histoire ?

– Non, répondit le pantin, encore deux mots et ce sera tout. Après m'avoir acheté, vous m'avez conduit en ce lieu pour me tuer. Mais, cédant à un sentiment de compassion [2] humaine, vous avez préféré m'attacher une pierre au cou et me jeter au fond de la mer. Cette délicatesse vous honore infiniment, et

1. ***Équestre*** : de chevaux (du latin *equus*, cheval).
2. ***Compassion*** : pitié (du latin *cum-patior*, souffrir avec).

je vous en serai éternellement reconnaissant. Pourtant, mon cher patron, cette fois vous avez compté sans la Fée...

– Et quelle est cette Fée ?

– C'est ma maman. Elle ressemble à toutes les bonnes mamans qui aiment leurs petits garçons et ne les perdent jamais de vue, qui les assistent tendrement dans leurs malheurs, même lorsque ces enfants mériteraient, par leurs escapades et leur mauvaise conduite, d'être abandonnés à eux-mêmes. Je disais donc que ma bonne Fée, dès qu'elle me vit sur le point de me noyer, envoya vite à mon secours un banc de poissons qui, croyant bel et bien avoir affaire à un âne mort, se mirent à me dévorer ! Et quelle ripaille [1] ils firent ! Je n'aurais jamais cru les poissons plus gloutons même que les enfants ! L'un me mangea les oreilles, un autre le museau, un autre le cou et la crinière, un autre la peau des pattes, un autre la peau du dos et, dans la bande, il se trouva un petit poisson assez gentil pour me manger la queue.

– À partir d'aujourd'hui, dit l'homme horrifié, je fais serment de ne plus manger de poisson. Il ne me plairait pas du tout d'ouvrir un rouget ou un merlan frit et de trouver dedans une queue d'âne.

– Je pense comme vous, répliqua le pantin en riant. Du reste, sachez que lorsque les poissons eurent fini de me manger toute cette écorce d'âne qui me couvrait de la tête aux pieds, ils arrivèrent naturellement à l'os... ou, pour mieux dire, au bois, puisque, comme vous voyez, je suis fait d'un bois très dur. Mais après avoir donné les premiers coups de dents, ces poissons gloutons s'aperçurent vite que le bois n'était pas bon pour eux. Et, dégoûtés de cette

1. ***Ripaille*** : repas à la fois énorme et succulent.

nourriture indigeste, ils s'en allèrent, les uns d'un côté, les autres de l'autre, sans même me remercier… Et voici de quelle manière vous-même, en tirant sur la corde, vous avez trouvé un pantin vivant au lieu d'un âne mort.

– Je me moque de ton histoire, s'écria l'homme furieux. Ce que je sais, c'est que j'ai dépensé vingt sous pour t'acheter, et je veux récupérer mon argent. Sais-tu ce que je vais faire ? Je vais te conduire de nouveau au marché et je te revendrai au poids du bois sec pour allumer du feu.

– Revendez-moi, je ne demande pas mieux », dit Pinocchio.

Mais, ce disant, il fit un bond et sauta au milieu de l'eau. Et, nageant joyeusement, il s'éloignait de la rive, tout en criant au pauvre acheteur :

« Adieu, patron. Si vous avez besoin d'une peau pour faire un tambour, pensez à moi. »

Et il riait, et continuait à nager. Puis il se retourna et cria plus fort :

« Adieu, patron. Si vous avez besoin d'un peu de bois sec pour allumer votre feu, pensez à moi. » […]

[Mais Pinocchio est rattrapé par un énorme requin qui l'avale.]

## Chapitre 24

### Dans le corps du Requin, Pinocchio retrouve... devinez qui ? Lisez ce chapitre et vous le saurez

[Pinocchio, qui a aperçu une lueur au loin, part explorer le corps du Requin.]

En marchant, il sentit que ses pieds glissaient dans un trou plein de gadoue grasse et glissante. Il se dégageait une si forte odeur de poisson qu'il lui semblait être à la Mi-Carême[1].

Et plus il avançait, plus la clarté devenait distincte et vive. Il marcha, il marcha et il arriva enfin. Et que trouva-t-il ? Je vous le donne en mille... Il trouva une petite table bien dressée, avec une chandelle allumée qui était emmanchée dans une bouteille en verre vert, et à cette table était assis un petit vieux tout blanc, comme s'il eût été de neige ou de crème fouettée, qui était en train de mâchonner quelques petits poissons vivants, tellement vivants que, parfois, pendant qu'il les mangeait, ils s'échappaient de sa bouche.

À cette apparition, le pauvre Pinocchio ressentit une joie si grande et si inattendue qu'il s'en fallut de peu qu'il

1. ***La Mi-Carême*** : le Carême est la période de quarante jours avant Pâques, pendant laquelle les chrétiens se souviennent du temps que le Christ a passé au désert, pendant lequel il a été tenté par Satan ; autrefois, on jeûnait et on ne mangeait pas de viande ; on fêtait la Mi-Carême (le jeudi de la troisième semaine) notamment par un repas de poisson.

ne devînt fou. Il voulait rire, il voulait pleurer, il voulait dire toutes sortes de choses. Au lieu de cela, il balbutia des paroles tronquées et inintelligibles. Enfin, il réussit à pousser un cri de joie et, ouvrant les bras, il se jeta au cou du vieillard en criant :

« Oh ! mon papa !… Enfin je vous ai retrouvé !… Maintenant, je ne vous quitte plus, plus jamais !… Jamais !… Jamais !…

– Alors mes yeux ne me trompent pas ? dit le vieillard en se les frottant. C'est vraiment toi, mon petit Pinocchio ?

– Oui, oui. C'est moi, c'est bien moi ! Vous m'avez déjà pardonné, n'est-ce pas ? Oh ! mon petit papa, comme vous êtes bon !… Et dire que moi… Oh !… si vous saviez tous les malheurs qui me sont arrivés, et toutes mes misères ! Figurez-vous, mon pauvre papa, que le jour où vous avez vendu votre veston pour m'acheter un Abécédaire et m'envoyer à l'école, je m'étais échappé pour voir les marionnettes, et le montreur de marionnettes voulut me jeter au feu pour faire rôtir un mouton ; mais c'est lui qui par la suite me donna cinq pièces d'or pour vous les porter, mais malheureusement sur mon chemin je rencontrai le Renard et le Chat qui me conduisirent à l'auberge de l'*Écrevisse rouge* où ils mangèrent comme des ogres, et que je quittai seul dans la nuit, celle où je rencontrai des assassins qui se mirent à courir derrière moi, et moi je courais, eux me poursuivaient, et moi je courais, et eux étaient toujours à mes trousses, et moi je courais… tant et si bien qu'ils me pendirent à la branche du Grand Chêne où la belle Fillette aux cheveux bleus envoya un petit carrosse pour me recueillir ; et quand les médecins m'eurent examiné, ils déclarèrent aussitôt : “S’il n’est pas mort, c’est qu’il est encore vivant !”, alors je laissai échapper un mensonge, et mon nez commença à grandir tellement qu’il ne pouvait plus passer par la porte de la chambre, c’est pourquoi j’allai avec le Renard et le Chat enterrer les quatre pièces d’or – car j’en avais dépensé une à l’auberge –, et là le Perroquet se mit à rire, mais au lieu de deux mille écus, je n’en trouvai plus un seul, si bien que lorsque le Juge sut que j’avais été volé, il me fit mettre en prison, pour donner satisfaction aux voleurs ; en sortant de cette prison je vis une belle grappe de raisin dans un champ, et je restai pris au piège du paysan qui, avec raison, me mit le collier au cou pour que je monte la garde devant son poulailler, qui reconnut mon innocence et me rendit la liberté, […] alors je retournai à la maison de la belle Fillette, mais elle était morte, et le Pigeon me dit : “J’ai aperçu ton papa en train de fabriquer une petite barque pour partir à ta recherche”, et je lui répondis : “Ah ! si j’avais des ailes comme toi !” et lui : “Veux-tu venir retrouver ton papa ?” et moi : “Plaise à Dieu ! Mais qui me portera ?” et lui : “Moi !” et moi : “Comment ?” et lui : “Monte sur mon dos”, et nous avons volé toute la nuit et, le lendemain matin, les pêcheurs qui regardaient du côté de la mer me dirent : “Il y a là-bas, dans une barque, un pauvre homme qui va se noyer !” et de loin je vous reconnus aussitôt car mon cœur me le disait, et je vous faisais des grands signes pour que vous reveniez vers la rive…

– Je t’avais reconnu, moi aussi, et je serais volontiers revenu vers la rive, mais comment faire ? La mer était déchaînée et une grosse vague renversa ma barque. Un énorme Requin était justement tout près. En me voyant, il vint très vite, longea la langue, puis, très tranquillement, me happa comme une raviole de Bologne[1].

– Et depuis combien de temps êtes-vous enfermé ici ? demanda Pinocchio.

– Voici bientôt deux ans depuis ce jour, mon petit Pinocchio, deux ans qui m'ont paru deux siècles !

– Et comment avez-vous fait pour survivre ? Où avez-vous trouvé une chandelle ? Et les allumettes pour l'allumer, qui vous les a données ?

– Eh bien ! maintenant je vais tout te raconter. Sache donc que cette même tempête qui renversa ma barque avait également fait couler un grand bateau marchand. Tout l'équipage fut sauvé, mais le bâtiment coula à pic et le même Requin qui, ce jour-là, avait un excellent appétit, engloutit le bâtiment après m'avoir englouti moi-même.

– Comment ! Il l'engloutit tout d'une bouchée ? demanda Pinocchio, émerveillé[2].

– Tout d'une seule bouchée. Il ne recracha que le grand mât, parce qu'il lui était resté entre les dents comme une arête de poisson. Heureusement pour moi, ce bâtiment était chargé non seulement de viandes conservées dans des boîtes en métal, mais encore de biscuits ou de pain grillé, de bouteilles de vin, de raisins secs, de fromage, de café, de sucre, de bougies et de boîtes d'allumettes. Avec toute cette manne[3], j'ai pu vivre pendant deux ans, mais maintenant

1. ***Une raviole de Bologne*** : un ravioli (le singulier *raviolo* serait plus exact) à la bolognaise, en sauce tomate à la viande.

2. ***Émerveillé*** : au sens littéral du terme, abasourdi.

3. ***Manne*** : à l'origine, nourriture miraculeuse que Dieu envoya aux Hébreux dans le désert ; familièrement, nourriture ou provisions abondantes et inattendues.

j'en suis à mes dernières provisions. Aujourd'hui, il n'y a plus rien dans le garde-manger et cette bougie que tu vois allumée est la dernière qui me reste…

– Et après ?…

– Après, mon cher enfant, nous resterons tous les deux dans l'obscurité.

– Alors, mon petit papa, dit Pinocchio, il n'y a pas de temps à perdre : il faut penser bien vite à fuir.

– À fuir ?… Et comment ?

– En nous échappant de la bouche du Requin et en nous jetant à la mer, à la nage.

– Tu parles bien, mais moi, mon cher Pinocchio, je ne sais pas nager.

– Qu'importe ? Vous monterez à califourchon sur mes épaules et, comme je suis bon nageur, je vous porterai sain et sauf jusqu'au rivage.

– Illusion, mon garçon ! répliqua Geppetto en secouant la tête et en souriant mélancoliquement. Tu crois qu'un pantin, à peine haut d'un mètre, comme toi, peut avoir assez de force pour me porter à la nage sur ses épaules ?

– Essayez et vous verrez. De toute façon, s'il est écrit dans le ciel que nous devons mourir, nous aurons, du moins, la grande consolation de mourir dans les bras l'un de l'autre. »

Et, sans rien ajouter, Pinocchio prit la bougie, passa le premier pour éclairer et dit à son père :

« Suivez-moi et n'ayez pas peur. »

Ils marchèrent ainsi un bon moment et traversèrent tout le corps et l'estomac du Requin. Mais arrivés à l'endroit où commençait l'immense gorge du monstre, ils jugèrent bon de s'arrêter afin de jeter un coup d'œil et de saisir le moment opportun [1] pour fuir.

Il faut savoir que le Requin, étant très vieux et souffrant d'asthme et de palpitations du cœur, était obligé de dormir la bouche ouverte. C'est pourquoi Pinocchio, se plaçant à l'entrée de la gorge pour regarder au-delà, put apercevoir un petit coin de ciel étoilé et un très beau clair de lune.

« C'est vraiment le moment de fuir ! chuchota-t-il en s'adressant à son papa. Le Requin dort comme un loir ; la mer est tranquille et l'on y voit comme en plein jour. Suivez-moi donc, mon bon papa, et d'ici peu nous serons sauvés ! »

Aussitôt dit, aussitôt fait ; ils escaladèrent la gorge du monstre et, parvenus dans son immense gueule, ils marchèrent sur la pointe des pieds au-dessus de la langue, qui était si large et si longue qu'on l'aurait prise pour l'allée d'un grand parc. Déjà, ils s'apprêtaient à faire un grand saut pour se jeter à la nage dans la mer quand soudain le Requin éternua, et en éternuant il donna une secousse si violente que Pinocchio et Geppetto se trouvèrent renvoyés en arrière et de nouveau projetés au fond de l'estomac du monstre.

Dans leur chute, la bougie s'éteignit. Le père et le fils restèrent dans l'obscurité.

« Et maintenant ?... demanda gravement Pinocchio.

– Maintenant, mon enfant, nous sommes bel et bien perdus.

– Pourquoi perdus ? Donnez-moi la main, mon petit papa, et tâchez de ne pas glisser...

1. ***Opportun*** : à propos, bien choisi.

– Où me conduis-tu ?

– Nous devons, de nouveau, tenter de fuir. Venez avec moi et n'ayez pas peur. »

Alors Pinocchio prit son père par la main et, marchant toujours sur la pointe des pieds, ils remontèrent ensemble la gorge du monstre puis traversèrent toute la langue et franchirent les trois rangées de dents.

Avant de faire le saut décisif, Pinocchio dit à son père :

« Montez à califourchon sur mes épaules et passez vos bras autour de mon cou. Tenez-moi bien. Je me charge du reste. »

Dès que Geppetto fut bien installé sur les épaules de son fils, le brave pantin, sûr de lui, se jeta dans la mer et se mit à nager. La mer était lisse comme l'huile, la lune resplendissait de toute sa clarté, et le Requin continuait à dormir d'un sommeil si profond que le bruit d'un coup de canon ne l'eût pas réveillé.

## Chapitre 25

### Pinocchio cesse enfin d'être un pantin et devient un petit garçon

[Père et fils regagnent à grand peine le rivage.]

Pinocchio offrit alors son bras à Geppetto, qui avait tout juste la force de mettre un pied devant l'autre, puis il lui dit :

« Appuyez-vous sur mon bras, mon bon papa, et avançons. Nous marcherons doucement, tout doucement, comme les fourmis et, lorsque nous serons fatigués, nous nous reposerons au bord de la route.

– Et où irons-nous ? demanda Geppetto.

– À la recherche d'une maison ou d'une ferme où l'on nous fera la charité d'un morceau de pain et d'une botte de paille pour nous coucher. »

Ils n'avaient pas fait cent pas qu'ils aperçurent, assis sur le talus de la route, deux sales types qui s'étaient postés là pour demander l'aumône.

C'étaient le Renard et le Chat, mais ils étaient méconnaissables ! Figurez-vous que le Chat, à force de se faire passer pour aveugle, avait fini par le devenir réellement. Quant au Renard, vieilli, ravagé par la teigne [1], paralysé d'un côté, il n'avait même plus de queue ! Ce vilain coquin, tombé dans la plus affreuse misère, s'était un jour trouvé dans l'obligation de vendre jusqu'à sa belle queue à un marchand ambulant, qui l'acheta pour en faire un chasse-mouches.

« Oh Pinocchio ! s'écria le Renard avec une voix pleurnicharde, fais la charité à deux pauvres infirmes !...

– Infirmes !... répéta le Chat.

– Adieu, vilains masques [2] ! riposta le pantin. Vous m'avez trompé une fois, mais vous ne m'y reprendrez plus.

– Crois-moi, Pinocchio, nous sommes aujourd'hui pauvres et infortunés, pour de vrai !

– Pour de vrai ! répéta le Chat.

– Si vous êtes pauvres, vous le méritez. Rappelez-vous le proverbe qui dit : "L'argent volé ne profite jamais." Adieu, vilains masques !...

– Aie pitié de nous !...

---

1. ***La teigne*** : maladie du cuir chevelu, qui provoque la chute des cheveux.

2. ***Masques*** : personnes qui portent un masque et ne laissent pas voir leur vrai visage, donc trompeurs, menteurs.

– De nous !… répéta le Chat.

– Adieu, vilains masques !… Rappelez-vous le proverbe qui dit : “La farine du diable s’en va toute en son [1].”

– Ne nous abandonne pas !

– … pas ! répéta le Chat.

– Adieu, vilains masques !… Rappelez-vous le proverbe qui dit : “Qui vole le manteau de son prochain, d’ordinaire meurt sans chemise.” »

Et là-dessus, Pinocchio et Geppetto continuèrent tranquillement leur route. À cent pas de là, ils virent, à l’extrémité d’un sentier, au milieu des champs, une jolie chaumière, toute en paille avec un toit de tuiles et de briques.

« Cette chaumière doit être habitée, dit Pinocchio. Allons-y et frappons à la porte. »

Ils y allèrent en effet et frappèrent.

« Qui va là ? dit de l’intérieur une petite voix.

– Nous sommes un pauvre papa et son fils, sans pain et sans gîte [2].

– Tournez la clé et la porte s’ouvrira », dit la même petite voix.

Pinocchio tourna la clé et la porte s’ouvrit. En entrant, ils regardèrent de-ci, ils regardèrent de-là, et ne virent personne.

« Où est le maître de la chaumière ? dit Pinocchio étonné.

– Me voici ! »

Le père et le fils levèrent la tête et virent, sur la poutre du plafond, le Grillon parlant.

---

1. ***La farine du diable s’en va toute en son*** : il n’y a rien à sauver chez quelqu’un de mal intentionné.
2. ***Gîte*** : lieu où l’on peut rester, loger.

« Oh ! mon cher Grillon, dit Pinocchio en le saluant poliment.

– Maintenant, tu m'appelles "ton cher Grillon", n'est-ce pas ? Mais te rappelles-tu le jour où, pour me chasser de ta maison, tu lanças contre moi un manche de marteau ?

– Tu as raison, Grillon, chasse-moi à mon tour… lance contre moi un manche de marteau, mais aie pitié de mon pauvre papa !

– J'aurai pitié du père et même du fils !… Mais j'ai voulu te rappeler ta méchante action, pour t'enseigner que, dans ce monde, quand on le peut, il faut se montrer bon avec tous si nous voulons être traités avec bonté à notre tour en cas de besoin.

– Tu as raison, petit Grillon, tu as tout à fait raison et je me rappellerai la leçon que tu me donnes. » […]

[Devenu raisonnable, Pinocchio travaille pour gagner de quoi les nourrir, lui et Geppetto, dans une ferme où il assiste à l'agonie de Lumignon, qui est, lui, resté âne. Il fabrique aussi des corbeilles en jonc ; en outre, tout seul, il apprend à lire et à écrire, au moyen d'un fétu de paille et de jus de mûre en guise de plume et d'encre.]

Un matin, il dit à son père :

« Je vais au marché tout proche pour m'acheter une veste, un béret et une paire de souliers. Quand je reviendrai à la maison, ajouta-t-il en riant, je serai si bien habillé que vous me prendrez pour un grand seigneur. »

Quand il fut sorti de la maison, il se mit à courir tout joyeux et satisfait. Tout à coup, il s'entendit appeler par son nom, se retourna et vit une belle Limace qui débouchait de la haie :

« Tu ne me reconnais pas ? dit la Limace.

– Il me semble…

– Tu ne te rappelles pas cette Limace qui servait de femme de chambre à la Fée aux cheveux bleus ? Tu ne te rappelles pas le jour où je descendis pour t'éclairer et où tu restas le pied enfoncé dans la porte de la maison ?

– Je me souviens de tout cela, s'écria Pinocchio ! Mais, réponds-moi vite, ma belle Limace. Où as-tu laissé ma bonne Fée ? Que fait-elle ? M'a-t-elle pardonné ? Se souvient-elle toujours de moi ? M'aime-t-elle toujours ? Est-elle loin d'ici ? Pourrais-je aller la retrouver ? »

À toutes ces demandes, faites précipitamment et sans reprendre haleine, la Limace répondit avec son flegme habituel :

« Mon pauvre Pinocchio ! La pauvre Fée gît dans un lit d'hôpital.

– À l'hôpital ?

– Hélas ! frappée par de nombreux malheurs, elle est tombée gravement malade et n'a pas de quoi s'acheter un morceau de pain.

– Vraiment ? Oh ! quel chagrin tu me causes ! Pauvre petite Fée ! pauvre petite Fée ! pauvre petite Fée !… Si j'avais un million, je courrais le lui porter !… Mais je n'ai que quarante sous !… Les voici !… J'allais justement m'acheter un habit neuf. Prends-les, Limace, et va vite les porter à ma bonne Fée.

– Et ton habit neuf ?

– Que m'importe l'habit neuf ? Je vendrais jusqu'à ces hardes que j'ai sur le dos pour lui apporter un peu de secours ! Va, Limace, et dépêche-toi ! Reviens ici dans deux jours, j'espère pouvoir te donner encore quelques sous. Jusqu'ici j'ai travaillé pour secourir mon papa. À partir d'aujourd'hui, je travaillerai cinq heures de plus pour secourir aussi ma chère maman. Adieu, Limace, je t'attends dans deux jours. »

La Limace, contre son habitude, se mit à courir comme un lézard sous la canicule. Quand Pinocchio rentra, son papa lui demanda :

« Et ton habit neuf ?

– Il ne m'a pas été possible d'en trouver un à ma taille ! Bah ! je l'achèterai une autre fois. »

Ce soir-là, Pinocchio, au lieu de veiller jusqu'à dix heures, veilla jusqu'à minuit. Au lieu de faire huit corbeilles de jonc, il en fit seize.

Puis il alla se coucher et s'endormit. Et en dormant, il lui sembla voir en rêve la Fée, toute belle et souriante qui, après lui avoir donné un baiser, lui dit :

« C'est bien, Pinocchio ! Pour ton bon cœur, je te pardonne toutes tes friponneries, jusqu'à ce jour. Les enfants qui secourent avec amour leurs parents dans la misère et dans l'infirmité méritent toujours des louanges et de l'affection, même si on ne peut pas les citer comme des modèles d'obéissance et de bonne conduite. Sois prudent à l'avenir et tu seras heureux. »

Au même moment, le rêve prit fin. Pinocchio se réveilla et ouvrit les yeux tout grands.

Figurez-vous son étonnement quand il s'aperçut qu'il n'était plus un pantin de bois. Il était devenu un petit garçon, comme tous les autres. Il jeta un coup d'œil autour de lui : il ne vit plus les murs de paille de la cabane, mais une belle petite chambre meublée et ornée avec une simplicité presque élégante. En sautant de son lit, il trouva, tout préparés, des vêtements neufs, un béret neuf et une paire de bottines en cuir qui lui allaient à ravir.

Quand il fut habillé, il mit tout naturellement les mains dans ses poches et en sortit un petit porte-monnaie d'ivoire sur lequel étaient inscrits ces mots : « La Fée aux cheveux bleus restitue à son cher Pinocchio les quarante sous qu'il lui a donnés et le remercie de son bon cœur. » Il ouvrit le portefeuille et, au lieu de quarante sous de cuivre, il vit reluire quarante sequins d'or flambant neuf.

Quand il se regarda dans le miroir, il se prit pour un autre. Ce n'était plus l'image d'une marionnette de bois qui s'y réfléchissait, mais l'image vive et intelligente d'un bel enfant aux cheveux châtains, aux yeux bleus, l'air triomphant, gai comme un pinson parmi les fleurs.

Au milieu de toutes ces merveilles qui se succédaient, Pinocchio ne savait plus s'il était éveillé ou s'il rêvait encore les yeux ouverts.

« Et mon papa, où est-il ? » s'écria-t-il soudain. Il entra dans la chambre voisine et trouva le vieux Geppetto sain, vif et de bonne humeur, comme autrefois. Il avait repris sa profession de sculpteur sur bois et il était précisément en train de dessiner un beau cadre agrémenté de feuillages, de fleurs et de têtes d'animaux.

« Dites-moi, papa, je serais bien curieux de savoir comment expliquer tout ce changement imprévu, demanda Pinocchio en sautant au cou de son père et en le couvrant de baisers.

– Ce changement imprévu dans notre maison est dû tout entier à ton mérite, dit Geppetto.

– Pourquoi à mon mérite ?

– Parce que, dès que les enfants, de méchants qu'ils étaient, deviennent bons, ils ont le pouvoir de conférer une allure nouvelle et attrayante à toute leur famille.

– Mais où s'est donc caché le vieux Pinocchio de bois ?

– Le voici ! » répondit Geppetto.

Et il lui montra un gros pantin adossé à une chaise, la tête tombant d'un côté, les bras ballants et les jambes croisées et à moitié repliées, qui tenait encore debout par miracle.

Pinocchio se retourna pour le regarder et, après l'avoir bien regardé, il se dit à lui-même, avec infiniment de satisfaction :

« Comme j'étais ridicule quand j'étais un pantin ! Et comme je suis heureux d'être devenu un petit garçon comme il faut ! »

# DOSSIER

■ Pinocchio vu par Walt Disney (1940).

# Entrer dans l'œuvre

## Premiers pas...

Avant de découvrir les aventures du pantin de bois, lisez les titres des chapitres en vous aidant du sommaire (p. 3-5) et dressez la liste des différents personnages, lieux et aventures que le lecteur s'apprête à suivre.

**1.** Quels éléments vous paraissent extraordinaires, voire merveilleux ?

**2.** Relevez les traits d'humour du narrateur dans les titres des chapitres.

**3.** À partir de vos réponses précédentes, définissez le genre du récit et les registres présents.

## Jeu de mémoire

Bien se souvenir d'une histoire, c'est aussi mieux la comprendre. À vous de jouer !

**1.** Quel trait de caractère découvre-t-on en premier chez Pinocchio ?

A. la paresse
B. l'impertinence
C. la gentillesse

**2.** Quel défaut du pantin est exploité par le Chat et le Renard ?

A. la paresse
B. la générosité
C. la naïveté

**3.** Pourquoi Pinocchio vend-il son Abécédaire ?

A. pour aller au théâtre
B. pour partir en voyage
C. pour s'offrir un succulent repas

**4.** Pourquoi est-il envoyé en prison la première fois ?

A. parce qu'il a volé des pièces d'or
B. parce qu'on l'accuse d'un vol de pièces d'or
C. parce qu'il s'est fait voler des pièces d'or

**5.** Sous quelle forme la Fée apparaît-elle en premier ?

A. une fillette pâle comme la mort
B. une chèvre
C. une vieille dame

**6.** Comment le nez de Pinocchio raccourcit-il après son premier mensonge ?

A. d'un coup de baguette magique
B. grignoté par un millier de piverts
C. croqué d'un coup sec par le Caniche

**7.** Au lieu de mourir noyé, Pinocchio est sauvé...

A. un coup de baguette magique le retransforme en pantin
B. l'âne, asthmatique, crache le pantin d'une quinte de toux
C. l'âne est mangé par les poissons et le pantin peut flotter

**8.** Qui sont « les riches » au village d'Attrape-Nigauds ?

A. les animaux puissants
B. les animaux intelligents
C. les animaux voleurs

**9.** Quelle est la principale richesse du village des Abeilles laborieuses ?

A. la nourriture
B. l'activité
C. les spectacles

**10.** Comment imaginez-vous le décor du sol chez Geppetto d'après la réplique du chapitre 2 (p. 28, l. 14) : « J'apprends l'arithmétique aux fourmis » ? Pourquoi ?

A. un plancher usé
B. un sol de terre battue
C. des dalles régulières

# L'univers merveilleux du conte

Grâce aux exercices suivants, identifiez les éléments constitutifs du conte merveilleux : vous étudierez le schéma narratif propre à ce genre littéraire ainsi que la valeur éducative et morale de ces récits.

## Un vrai conte de fées ?

### Les épreuves

**1.** À chaque étape, Pinocchio affronte une épreuve dont il sort transformé. Reproduisez puis complétez le tableau suivant.

| État initial | Épreuve | Nouvel état |
|---|---|---|
| Le pantin est pauvre | Mangefeu survient | Il est riche de cinq sequins |
| | Rencontre le Chat et le Renard | |
| | Pris par le pêcheur | |
| | Devient un âne | |
| | Séjourne dans le ventre du Requin | |

**2.** À l'issue de toutes ces épreuves, quel est le triple bonheur auquel parvient Pinocchio ?

- pour lui-même
- du point de vue familial
- du point de vue matériel

## Les personnages

**1.** Le héros rencontre toujours des personnes qui l'aident (on les appelle des **adjuvants**), le conseillent ou le piègent (on les appelle des **opposants**). Classez les quelques personnages ci-dessous en fonction de leur rôle (amusez-vous à compléter la liste).

Alidor – Lumignon – Cocher – Marmotte
Caniche – Faucon – Mangefeu – Fouines
Grillon – Perroquet – Piverts – Chat
Gorille – Renard – Merle – Aubergiste

Adjuvants : ......................................................................................................

Conseillers : ....................................................................................................

Opposants : ......................................................................................................

**2.** L'un de ces personnages, auparavant malfaisant, vient en aide à Pinocchio, mais son cadeau porte malheur au héros : de qui s'agit-il ?

## En ce temps-là...

Les contes ne se déroulent pas à une époque déterminée. Dans *Pinocchio*, certains détails nous font penser au XIXe siècle, époque à laquelle vivait Collodi. Mais d'autres précisions renvoient à une époque plus ancienne. Replacez chaque terme dans son époque (certains n'ont pas changé depuis des siècles).

| | **XIXe siècle** | **plus ancien** |
|---|---|---|
| 1. carabiniers | | |
| 2. sequins | | |
| 3. menuiserie | | |
| 4. livrée de gala | | |
| 5. diligence | | |

| | | |
|---|---|---|
| 6. vélocipède | | |
| 7. forains | | |
| 8. carrosse | | |
| 9. auberge | | |
| 10. école | | |

## Les morales de l'histoire

Les contes merveilleux, en opposant fréquemment les forces du bien et du mal, remplissent le double objectif de plaire et d'instruire. Ici, Collodi s'attache notamment à montrer que, pour échapper à la pauvreté et à l'ignorance, il faut étudier et travailler.

### Le bonheur matériel

Pinocchio n'est pas malhonnête. Toutefois, il met du temps à comprendre ce qu'il faut faire pour gagner sa vie. Au chapitre 13, le Perroquet lui indique quelles sont les deux conditions nécessaires pour gagner de l'argent : desquelles s'agit-il ?

### Le bonheur intérieur

**1.** Au chapitre 21, pourquoi la Marmotte explique-t-elle que le mépris de l'école transforme les enfants en ânes ?

**2.** Quel est le sens du proverbe « la farine du diable s'en va toute en son » (chapitre 25, p. 119, l. 36) ?

**3.** Quelle qualité de Pinocchio conduit la Fée à tout lui pardonner ?

**4.** De quelle fable de La Fontaine pourrait-on rapprocher le passage suivant (chapitre 6, p. 41, l. 7-13) ?

Aujourd'hui, à l'école, je veux tout de suite apprendre à lire ; demain j'apprendrai à écrire, et après-demain à compter. Puis, grâce à mon habileté, je gagnerai beaucoup d'argent, et avec les premiers sous que j'aurai dans ma poche, je veux tout de suite acheter un beau veston de drap pour mon papa. Que dis-je, du drap ? Non, je veux lui faire un veston d'or et d'argent, avec des boutons en diamant.

## Philosophes en herbe

Répartissez-vous en groupes de 5 ou 6 élèves et réfléchissez aux questions suivantes. Vous commencerez par discuter à haute voix afin de confronter vos arguments, puis vous noterez au propre, pour chaque groupe, les réponses qui vous paraissent les plus pertinentes. Vous devez répondre en priorité à la question principale, les autres questions sont là pour vous aider à réfléchir et à apporter une ou plusieurs réponses à cette question initiale. Ensuite, vous pourrez débattre en classe entière, en veillant à laisser la parole à chacun.

**Question principale : faut-il toujours dire la vérité ?**

1. Qu'est-ce qu'un mensonge ?
2. Quelle différence y a-t-il entre un mensonge et une erreur ?
3. Pourquoi dit-on parfois des mensonges ?
4. Quelle différence y a-t-il entre une vérité et une croyance ?
5. Ce qui est vrai pour moi est-il aussi vrai pour tout le monde ?
6. Pourquoi est-ce utile de dire la vérité ?
7. Pourquoi est-ce parfois difficile de dire la vérité ?
8. Pourquoi est-ce parfois nécessaire de cacher la vérité ?
9. Pourquoi est-ce parfois nécessaire de dire un mensonge ?

# Sacré Pinocchio !

## Un anti-héros ?

Ni tout à fait bon, ni tout à fait mauvais, Pinocchio est un héros déconcertant. En vous aidant de la liste ci-dessous, dites quels sont ses défauts et ses qualités dans les épisodes suivants.

paresseux – courageux – désobéissant
menteur – généreux – insolent
affectueux – intelligent – honnête – têtu

| Épisodes | Qualité | Défaut |
|---|---|---|
| 1. Son nez s'allonge | | |
| 2. Il vend l'Abécédaire au lieu d'aller à l'école | | |
| 3. Il veut offrir un veston à son papa | | |
| 4. Il sauve la vie d'Arlequin | | |
| 5. Il trouve le Grillon « radoteur » | | |
| 6. Il veut « continuer son chemin » coûte que coûte | | |
| 7. Il méprise les Abeilles laborieuses | | |
| 8. Il refuse le pacte de vol avec les fouines | | |
| 9. Il est aimé de ses camarades d'école | | |
| 10. Il invente le moyen de s'échapper du ventre du Requin | | |

## Corps en bois...

Sauf lorsqu'il manque de brûler, Pinocchio tire plutôt avantage d'être en bois ; définissez en quelles circonstances :

A. La pendaison (chapitre 9) :

..........................................................................................................

B. Après son premier mensonge (chapitre 12) :

..........................................................................................................

C. En mer (chapitres 15 et 23) :

..........................................................................................................

Et, au chapitre 13, quand son cœur bat, quel bruit fait-il ?

..........................................................................................................

## ... et vraie tête de bois !

C'est ce que le Grillon constate au chapitre 4 en employant le mot au sens figuré. Connaissez-vous le sens des expressions suivantes ? Indiquez P ou F selon que le mot « bois » y figure au sens propre ou figuré :

**1.** Rester de bois

**2.** Bois du cerf

**3.** Langue de bois

**4.** Sortir du bois

**5.** Bois blanc

**6.** « De quel bois je me chauffe »

**7.** Du « bois d'ébène »

**8.** Bois de rose

**9.** Bois vert

**10.** Être du bois dont on fait les flûtes

### La métamorphose

**1.** Comparez les deux descriptions de Pinocchio au début et à la fin de l'histoire (chapitre 5 ; chapitre 25), en relevant les oppositions.

| | **Chapitre 5** | **Chapitre 25** |
|---|---|---|
| Les vêtements | | |
| Les chaussures | | |
| Le bonnet | | |

**2.** Enfin, au chapitre 5, Pinocchio se trouve « l'air d'un seigneur ». Mais comment se juge-t-il finalement ?

## Microlectures

### MICROLECTURE N° 1 : l'ouverture du conte (chapitre 1)

Relisez l'*incipit*, de « Il était une fois... » à « sous l'effet de la peur » (p. 25-27), puis répondez aux questions suivantes.

#### Un début de conte

**1.** En quoi le titre du chapitre nous indique-t-il qu'il s'agit d'un récit merveilleux ?

**2.** Relevez une phrase caractéristique des contes pour enfants.

**3.** Quels sont les temps principaux utilisés par le narrateur ? Comment expliquez-vous la présence de différents systèmes de temps dans le même passage ?

## Un narrateur surprenant

**1.** Le narrateur est-il intérieur ou extérieur à l'histoire ? Justifiez votre réponse.

**2.** En quoi le ton employé par le narrateur est-il étonnant ? À qui s'adresse-t-il directement ?

**3.** Y a-t-il des informations précises sur le lieu et l'époque au cours de laquelle l'action prend place ? Pourquoi, selon vous ?

## Des personnages étonnants

**1.** Le personnage de Cerise est-il présenté de manière méliorative ou péjorative ? Relevez les caractéristiques physiques et morales qui en font un personnage ambigu.

**2.** Quelles actions et réactions de la part de Cerise prouvent que Pinocchio pénètre dans un monde violent ?

**3.** Analysez les différentes répliques de la bûche. Par quels sentiments et émotions passe-t-elle ? Comment justifiez-vous son silence lorsque Cerise la tape contre les murs ?

---

# MICROLECTURE N° 2 : un nouveau mensonge (chapitre 11)

Relisez le chapitre 11, de « La Fée, en le voyant courir et gambader... » à « qu'il ne passait plus par la porte » (p. 60-63), puis répondez aux questions suivantes.

## Le personnage de la Fée

**1.** Montrez, en analysant les dialogues, que la Fée incarne la sagesse.

**2.** Relevez une phrase qui prend la forme d'un proverbe. Quel est l'effet obtenu ?

**3.** Montrez, en vous appuyant sur le texte, que la Fée s'apparente aussi à une figure tendre et maternelle.

### Pinocchio, un pantin menteur

**1.** Quels sont les trois mensonges que Pinocchio dit à la Fée ?

**2.** Pourquoi le pantin choisit-il de lui mentir selon vous ?

**3.** Essayez d'expliquer cette phrase à propos des mensonges : « Les mensonges, mon enfant, sont vite découverts, car il y en a de deux espèces : ceux qui ont les jambes courtes et ceux qui ont le nez long » (p. 63, l. 69-71). Pour cela, repensez notamment à l'expression « se voir comme le nez au milieu de la figure ».

### Un mensonge honteux

**1.** Comment la Fée réagit-elle lorsque le nez de Pinocchio s'allonge ? À quel moment réagit-elle ?

**2.** Pourquoi, selon vous, la Fée rit-elle lorsqu'elle s'aperçoit que le pantin a menti ? Cette situation est-elle uniquement comique ? Justifiez votre réponse en citant des passages précis du chapitre.

**3.** Quels sentiments Pinocchio éprouve-t-il à la fin du chapitre ? Dans quelle situation se trouve-t-il ?

---

## MICROLECTURE N° 3 : la fin du conte (chapitre 25)

Relisez le chapitre 25, de « Pinocchio offrit alors son bras à Geppetto » à « devenu un petit garçon comme il faut ! » (p. 117-124), puis répondez aux questions suivantes.

### L'évolution des personnages

**1.** Quel insecte évoqué lors de la première rencontre entre Geppetto et Pinocchio retrouve-t-on dans ce dernier chapitre ?

**2.** Quels sont les différents personnages, croisés au fil du conte, que l'on retrouve ici ? En quoi ont-ils évolué ?

**3.** Montrez que, dans son attitude face à Geppetto, mais aussi face aux autres personnages, Pinocchio a beaucoup changé depuis le début du conte.

## Les morales

**1.** Quelle leçon le Grillon parlant donne-t-il à Pinocchio ?

**2.** Quelle leçon la Fée lui donne-t-elle en rêve ?

**3.** Quelle action le pantin de bois a-t-il dû réaliser pour se transformer en véritable petit garçon ? Par quels mots Geppetto formule-t-il cette troisième morale ?

## La fin d'un rêve ?

**1.** De quel rêve Pinocchio se réveille-t-il à la fin du chapitre ? Êtes-vous sûr(e) qu'il s'agit uniquement du rêve de la Fée ?

**2.** Quels éléments liés au décor et au personnage de Geppetto retrouve-t-on à l'identique entre le début et la fin du conte ?

**3.** Comment comprenez-vous la phrase finale : « Comme j'étais ridicule quand j'étais un pantin ! » (p. 124, l. 188) ? Selon vous, en quoi Pinocchio agissait-il comme un pantin ? Qu'est-ce qui a véritablement changé dans son attitude entre le début et la fin de l'œuvre ?

## À vos plumes !

Le livre vous propose un résumé de certains passages : on parle de texte « abrégé ». Relisez le résumé entre crochets au début du chapitre 8 (p. 48) et développez ce passage en une vingtaine de lignes. Vous devrez inclure des dialogues et utiliser les temps du récit choisis par Collodi. Veillez également à rester fidèle au choix du narrateur, qui est omniscient ici.

# Il était une fois le conte…

## (groupement de textes)

Des récits de l'Antiquité aux contes de Grimm ou de Perrault, les histoires merveilleuses s'appellent et se répondent : remontons à la source du conte de Collodi et comparons-le aux épisodes bibliques et aux transformations mythiques racontées par le poète latin Ovide. Nous verrons que la métamorphose, qui abolit la frontière entre la réalité et l'imaginaire, est l'un des principaux thèmes du conte. Découvrez dans les textes suivants le motif fabuleux de la transformation à travers l'histoire du roi Midas qui se voit pousser des oreilles d'âne ou de Galatée, la statue en ivoire qui prend soudainement vie…

### Ovide, « Pygmalion », *Les Métamorphoses* (Ier siècle)

Dans son long poème *Les Métamorphoses*, le poète latin Ovide (43 av. J.-C.-17 apr. J.-C.) raconte l'histoire du monde à travers les récits mythologiques grecs et latins. Dans ce passage, Pygmalion est un sculpteur qui tombe amoureux de sa propre création, Galatée, une statue en ivoire à laquelle Vénus [1] a donné vie.

Pygmalion, pour les avoir vues mener une existence vouée au crime, plein d'horreur pour les vices que la nature a prodigalement [2] départis à la femme, vivait sans épouse, célibataire, et se passa longtemps d'une compagne partageant sa couche. Cependant, avec un art et un succès merveilleux, il sculpta dans l'ivoire à la blancheur de neige un corps auquel il donna une beauté qu'aucune femme ne peut tenir de la nature ; et il conçut de l'amour pour son œuvre. […] Pygmalion s'émerveille, et son cœur s'enflamme pour ce simulacre [3] de corps. Souvent il palpe des mains son œuvre pour se rendre

1. ***Vénus*** : déesse de l'Amour.
2. ***Prodigalement*** : excessivement.
3. ***Simulacre*** : apparence qui se donne pour réalité.

compte si c'est de la chair ou de l'ivoire, et il ne s'avoue pas encore que c'est de l'ivoire. Il lui donne des baisers et s'imagine qu'ils lui sont rendus ; il lui parle, il la serre contre lui et croit sentir céder sous ses doigts la chair des membres qu'ils touchent ; la crainte le prit même que ces membres, sous la pression, ne gardassent une marque livide [1]. Tantôt il lui prodigue des caresses, tantôt il lui apporte les présents qui sont bienvenus des jeunes filles, des coquillages, des cailloux polis, de petits oiseaux et des fleurs de mille couleurs, des lis, des balles peintes et des larmes tombées de l'arbre des Héliades [2]. Il la pare aussi de vêtements, passe à ses doigts des bagues de pierres précieuses, à son cou de longs colliers ; à ses oreilles pendent de légères perles, des chaînettes sur sa poitrine. Tout lui sied [3], et, nue, elle ne paraît pas moins belle. […]

Le jour de la fête de Vénus, que tout Cypre [4] célébrait en foule, était venu ; les génisses [5] au cou de neige, l'arc de leurs cornes tout revêtu d'or, étaient tombées sous le couteau, et l'encens fumait à cette occasion ; Pygmalion, les rites accomplis, se tint debout devant les autels et, d'un ton craintif : « S'il est vrai, ô dieux, que vous pouvez tout accorder, je forme le vœu que mon épouse soit – et comme il n'ose le dire : la vierge d'ivoire – semblable à la vierge d'ivoire », dit-il. Vénus, qui assistait en personne, resplendissante d'or, aux fêtes données en son honneur, comprit ce que voulait dire ce souhait et, présage de l'amitié de la déesse, la flamme trois fois se raviva et une langue de feu en jaillit dans l'air.

Rentré chez lui, Pygmalion se rend auprès de sa statue de jeune fille et, se penchant sur le lit, il lui donna des baisers. Il lui sembla que sa chair devenait tiède. Il approche de nouveau sa bouche ; de ses mains il tâte aussi la poitrine : au toucher, l'ivoire s'amollit, et, pendant sa dureté, il s'enfonce sous les doigts et cède, comme la cire de

---

**1.** ***Livide*** : très pâle.

**2.** ***Héliades*** : sœurs de Phaéton (fils du Soleil), métamorphosées en peupliers à la mort de leur frère. L'ambre viendrait des larmes qu'elles versèrent.

**3.** ***Tout lui sied*** : tout lui va.

**4.** ***Cypre*** : Chypre, île de Vénus.

**5.** ***Génisses*** : jeunes vaches qui n'ont pas encore mis bas et qui sont sacrifiées pour être offertes en cadeau à la déesse.

l'Hymette[1] redevient molle au soleil et prend docilement sous le pouce qui la travaille toutes les formes, d'autant plus propre à l'usage qu'on use davantage d'elle. Frappé de stupeur, plein de joie mêlée d'appréhension et craignant de se tromper, l'amant palpe de nouveau de la main et repalpe encore l'objet de ses vœux. C'était un corps vivant : les veines battent au contact du pouce. Alors le héros de Paphos[2], en paroles débordantes de reconnaissance, rend grâce à Vénus et presse enfin de sa bouche une bouche qui n'est pas trompeuse. La vierge sentit les baisers qu'il lui donnait et rougit ; et, levant un regard timide vers la lumière, en même temps que le ciel, elle vit celui qui l'aimait.

Ovide, « Pygmalion », *Les Métamorphoses*,
trad. Joseph Chamonard, Flammarion, coll. « Étonnants Classiques », 2014, p. 84-86, l. 1-57.

## Ovide, « Histoire de Midas [...] », *Les Métamorphoses* (Ier siècle)

Le roi Midas, aussi cupide que stupide, a obtenu de Dionysos[3] le don de changer tout ce qu'il touche en or. Mais lorsqu'il se rend compte que cela l'empêche de boire ou de manger, et qu'il risque de mourir, il demande à annuler son vœu. Dionysos lui ordonne alors de plonger dans le fleuve Pactole, qui se trouve depuis chargé d'une multitude de paillettes d'or. Dans ce passage, le lecteur découvre la suite de l'histoire de Midas, qui est amené à juger un concours de musique entre Pan, divinité de la Nature, et Apollon, dieu des Arts. Alors que tous sont charmés par le son hors du commun de la lyre d'Apollon, Midas, jaloux, choisit Pan. Furieux, Apollon jette un sort au roi...

Midas, plein désormais d'horreur pour les richesses, avait pris goût pour les forêts, les campagnes et Pan, dont les antres[4] des montagnes sont l'habituel séjour. Mais son intelligence resta aussi

1. ***L'Hymette*** : montagne à l'est d'Athènes, célèbre pour son miel.
2. ***Paphos*** : ville de Chypre.
3. ***Dionysos*** : dieu du Vin et de la Fête.
4. ***Antres*** : trous, cavernes.

épaisse, et son esprit obtus[1] devait, une fois de plus, jouer à son maître un méchant tour. Voici à quelle occasion. Dominant au loin la mer, le Tmolus[2] dresse au sommet de ses hautes pentes sa cime escarpée[3], et sur ses deux versants se prolonge, d'un côté jusqu'à Sardes, de l'autre jusqu'à la modeste Hypæpa[4]. Là Pan, vantant un jour aux tendres nymphes les accords que, modulant un air léger, il tirait de ses pipeaux de roseaux réunis par de la cire, osa parler avec mépris des chants d'Apollon comparés aux siens et engagea une lutte inégale devant le Tmolus pris pour juge[5]. Le vieux juge s'assit sur sa propre montagne ; il dégage ses oreilles de ses frondaisons[6] ; sa chevelure aux sombres reflets n'est plus couronnée que de feuillages de chêne, et des glands pendent contre ses tempes creuses. Regardant alors le dieu du Bétail : « Le juge, dit-il, n'attend plus que vous. » Pan fait résonner ses pipeaux rustiques ; avec ses sauvages accents, il charma Midas, qui se trouvait à ses côtés pendant qu'il jouait. Quand il eut fini, le Tmolus sacré tourna son visage vers celui de Phœbus[7], et toute sa forêt suivit son regard. Le dieu a sa tête blonde ceinte[8] du laurier du Parnasse ; sa robe, teinte avec le produit du murex de Tyr, balaie le sol ; de sa main gauche, il soulève sa lyre incrustée d'ivoire des Indes et de pierres précieuses ; l'autre main tenait le plectre[9]. Son attitude même est celle d'un artiste consommé. Alors, d'un pouce savant, il effleure les cordes et, séduit par la douceur de ces accords, le Tmolus décide que Pan doit s'incliner devant la supériorité de la lyre sur les roseaux. Le jugement et l'opinion de la montagne sainte ont l'agrément de tous. Seul, Midas prend la parole pour les discuter et les taxer d'injustice. Le dieu de Délos ne peut supporter que ces oreilles stupides gardent forme

---

1. ***Obtus*** : qui manque de finesse.
2. ***Tmolus*** : le mont Tmolus, ou Tmolos, est situé en Lydie, dans la Turquie actuelle.
3. ***Escarpée*** : raide.
4. ***Sardes et Hypæpa*** : deux villes de Lydie.
5. ***Le Tomolus pris pour juge*** : la montagne est personnifiée.
6. ***Frondaisons*** : feuillages.
7. ***Phœbus*** : autre nom d'Apollon.
8. ***Ceinte*** : entourée, ornée.
9. ***Plectre*** : baguette servant à gratter les cordes de la lyre.

humaine ; il les allonge, les remplit de poils grisâtres, les rend, à la base, peu stables et les doue de mobilité. Tout le reste du corps est d'un homme. Le châtiment n'atteint Midas qu'en un seul point ; il est pourvu des oreilles de l'âne au pas lent.

Il souhaite de les cacher et, pénétré de honte et de confusion, il essaie de couvrir ses tempes d'une tiare de pourpre. Mais le serviteur habitué à couper avec le fer ses longs cheveux avait tout vu. Comme il n'osait révéler le secret de la difformité qu'il a constatée, tout désireux qu'il fût de le confier aux airs, et cependant était incapable de le taire, il va faire à l'écart un trou dans le sol, y raconte à voix basse quelle sorte d'oreilles il a vues à son maître, et murmure son secret à la terre qu'il a creusée.

Ovide, « Histoire de Midas et de son vœu imprudent »,
*Les Métamorphoses*, livre XI, trad. Joseph Chamonard,
GF-Flammarion, 1966, p. 279-280.

## « Le Livre de Jonas », *La Bible* (IX$^{e}$ siècle av. J.-C.)

**Jonas est l'un des prophètes de l'Ancien Testament. Il a été appelé par Dieu pour se rendre à Ninive, une ancienne ville de Mésopotamie, car les habitants de la ville se sont révoltés contre lui. Mais au lieu de répondre à sa demande, Jonas, qui manque de courage, s'enfuit sur un bateau vers Tarsis, une ville lointaine. Furieux, Dieu déclenche une tempête dévastatrice en pleine mer.**

1. La parole de l'Éternel[1] fut adressée à Jonas, fils d'Amitthaï, en ces mots : « Lève-toi, va à Ninive, la grande ville, et crie contre elle ! car sa méchanceté est montée jusqu'à moi. » Et Jonas se leva pour s'enfuir à Tarsis, loin de la face de l'Éternel. Il descendit à Japho, et il trouva un navire qui allait à Tarsis ; il paya le prix du transport, et s'embarqua pour aller avec les passagers à Tarsis, loin de la face de l'Éternel.

1. ***L'Éternel*** : le Seigneur.

Mais l'Éternel fit souffler sur la mer un vent impétueux[1], et il s'éleva sur la mer une grande tempête. Le navire menaçait de faire naufrage. Les mariniers eurent peur, ils implorèrent chacun leur dieu, et ils jetèrent dans la mer les objets qui étaient sur le navire, afin de le rendre plus léger. Jonas descendit au fond du navire, se coucha, et s'endormit profondément. Le pilote s'approcha de lui, et lui dit : « Pourquoi dors-tu ? Lève-toi, invoque ton Dieu ! peut-être voudra-t-il penser à nous, et nous ne périrons pas[2]. »

Et il se redirent l'un à l'autre : « Venez, et tirons au sort, pour savoir qui nous attire ce malheur. » Ils tirèrent au sort, et le sort tomba sur Jonas. Alors ils lui dirent : « Dis-nous qui nous attire ce malheur. Quelles sont tes affaires, et d'où viens-tu ? Quel est ton pays, et de quel peuple es-tu ? [...] Que te ferons-nous, pour que la mer se calme envers nous ? » Car la mer était de plus en plus orageuse. Il leur répondit : « Prenez-moi, et jetez-moi dans la mer, et la mer se calmera envers vous ; car je sais que c'est moi qui attire sur vous cette grande tempête. » Ces hommes ramaient pour gagner la terre, mais ils ne le purent, parce que la mer s'agitait toujours plus contre eux. Alors ils invoquèrent l'Éternel, et dirent : « Ô Éternel, ne nous fais pas périr à cause de la vie de cet homme, et ne nous charge pas du sang innocent ! Car toi, Éternel, tu fais ce que tu veux. »

Puis ils prirent Jonas, et le jetèrent dans la mer. Et la fureur de la mer s'apaisa. [...]

L'Éternel fit venir un grand poisson pour engloutir Jonas, et Jonas fut dans le ventre du poisson trois jours et trois nuits.

2. Jonas, dans le ventre du poisson, pria l'Éternel, son Dieu.

Il dit : « [...] Je t'offrirai des sacrifices avec un cri d'actions de grâces, j'accomplirai les vœux que j'ai faits : le salut vient de l'Éternel. »

L'Éternel parla au poisson, et le poisson vomit Jonas sur la terre.

**Jonas 1 : 1-17 ; 2 : 1-11.**

*La Bible*, « Le Livre de Jonas », livres I et II,
Ancien Testament, trad. L. Segond (1910).

---

1. ***Impétueux*** : violent.
2. ***Nous ne périrons pas*** : nous ne mourrons pas.

## Mérimée, « Les Reîtres », *Chronique du règne de Charles IX* (XIX<sup>e</sup> siècle)

« Le Joueur de flûte de Hamelin » est une légende allemande retranscrite par les frères Grimm en 1816. Prosper Mérimée choisit de la raconter à son tour dans le premier chapitre de son roman *Chronique du règne de Charles IX*, paru en 1829. Ce récit s'inspire d'un fait réel un peu mystérieux : en 1284, un désastre serait survenu dans la ville allemande de Hameln et aurait provoqué la mort de nombreux enfants...

Il y a bien des années, les gens de Hameln furent tourmentés par une multitude innombrable de rats qui venaient du Nord, par troupes si épaisses que la terre en était toute noire, et qu'un charretier[1] n'aurait pas osé faire traverser un chemin où ces animaux défilaient. Tout était dévoré en moins de rien ; et dans une grange, c'était une moindre affaire pour ces rats de manger un tonneau de blé que ce n'est pour moi de boire un verre de ce bon vin. [...]

Voilà qu'un certain vendredi se présente devant le bourgmestre[2] de la ville un grand homme basané[3], sec, grands yeux, bouche fendue jusqu'aux oreilles, habillé d'un pourpoint[4] rouge, avec un chapeau pointu, de grandes culottes garnies de rubans, des bas gris et des souliers avec des rosettes couleur de feu. Il avait un petit sac de peau au côté. [...]

Il offrit au bourgmestre, moyennant cent ducats[5], de délivrer la ville du fléau qui la désolait. Vous pensez bien que le bourgmestre et les bourgeois y topèrent d'abord[6]. Aussitôt l'étranger tira de son sac une flûte de bronze ; et s'étant planté sur la place du marché, devant l'église, mais en lui tournant le dos, notez bien, il commença à jouer un air étrange, et tel que jamais flûteur allemand n'en a joué. Voilà qu'en entendant cet air, de tous les greniers, de tous les trous de murs,

1. ***Charretier*** : personne qui conduit une charrette.
2. ***Bourgmestre*** : équivalent du maire en France.
3. ***Basané*** : à la peau brune.
4. ***Pourpoint*** : vêtement d'homme en usage du XIII<sup>e</sup> au XVII<sup>e</sup> siècles qui couvrait le torse au-dessus de la ceinture.
5. ***Ducats*** : ancienne monnaie.
6. ***Topèrent d'abord*** : se tapèrent aussitôt dans la main pour accepter le défi.

de dessous les chevrons [1] et les tuiles des toits, rats et souris, par centaines, par milliers, accoururent à lui. L'étranger, toujours flûtant, s'achemina vers le Weser ; et là, ayant tiré ses chausses, il entra dans l'eau suivi de tous les rats de Hameln, qui furent aussitôt noyés. [...]

Ainsi la ville en fut purgée [2]. Mais, quand l'étranger se présenta à l'hôtel de ville pour toucher la récompense promise, le bourgmestre et les bourgeois, réfléchissant qu'ils n'avaient plus rien à craindre des rats, et s'imaginant qu'ils auraient bon marché d'un homme sans protecteurs, n'eurent pas honte de lui offrir dix ducats, au lieu des cent qu'ils avaient promis. L'étranger réclama : on le renvoya bien loin. Il menaça alors de se faire payer plus cher s'ils ne maintenaient leur marché au pied de la lettre. Les bourgeois firent de grands éclats de rire à cette menace, et le mirent à la porte de l'hôtel de ville, l'appelant *beau preneur de rats !* injure que répétèrent les enfants de la ville en le suivant par les rues jusqu'à la Porte-Neuve. Le vendredi suivant, à l'heure de midi, l'étranger reparut sur la place du marché, mais cette fois avec un chapeau de couleur pourpre, retroussé d'une façon toute bizarre. Il tira de son sac une flûte bien différente de la première et, dès qu'il eut commencé d'en jouer, tous les garçons de la ville, depuis six jusqu'à quinze ans, le suivirent et sortirent de la ville avec lui. [...]

Ils le suivirent jusqu'à la montagne de Koppenberg [3], auprès d'une caverne qui est maintenant bouchée. Le joueur de flûte entra dans la caverne et tous les enfants avec lui. On entendit quelques temps le son de la flûte ; il diminua peu à peu ; enfin on n'entendit plus rien. Les enfants avaient disparu, et depuis lors on n'en eut jamais de nouvelles.

Mérimée, « Les Reîtres », *Chronique du règne de Charles IX*,
GF-Flammarion, 2007, p. 34-37.

## Questions de synthèse

**1.** De quels chapitres ou épisodes de *Pinocchio* pouvez-vous rapprocher chacun de ces textes ?

---

**1.** ***Chevrons*** : pièces de bois sur lesquelles on fixe des lattes qui soutiennent la toiture.
**2.** ***Purgée*** : nettoyée.
**3.** ***Koppenberg*** : un mont situé en Belgique, dans les Flandres.

**2.** Relevez, dans ces extraits, tous les éléments qui appartiennent au registre merveilleux.

**3.** Quel type de personnage présent dans les trois premiers textes ne retrouve-t-on pas dans le texte de Mérimée ? Comment pouvez-vous expliquer cette absence ?

# Mettre en scène *Pinocchio*
## (éducation aux médias et à l'information)

L'auteur et metteur en scène contemporain Joël Pommerat a proposé une adaptation théâtrale du conte de Collodi, présentée pour la première fois en 2008. À travers une mise en scène à la fois sombre et poétique, il revisite ce conte où l'imagination enfantine se mesure à la cruauté du monde adulte. À l'aide de la bande-annonce du spectacle, formulez une critique argumentée de cette adaptation théâtrale en la comparant à l'œuvre littéraire dont elle s'inspire. Vous pourrez ensuite vous mettre dans la peau d'un metteur en scène et choisir vos décors et costumes pour monter votre propre version de *Pinocchio*.

### Observer et réfléchir

**1.** Rendez-vous sur YouTube et tapez dans le moteur de recherche les mots clés suivants : « Pinocchio Pommerat NTFI ».

**2.** Ouvrez le premier lien qui vous est proposé : il s'agit d'une vidéo de 3 minutes de présentation de la pièce par le Napoli Teatro Festival Italia en 2016.

**3.** Visionnez cette vidéo en relevant au fur et à mesure :

– les épisodes du conte que vous reconnaissez ;

– les costumes des différents personnages, en particulier de Pinocchio et de la Fée ;

– l'atmosphère qui se dégage de cette mise en scène.

**4.** Essayez de déterminer qui est le premier personnage, torse nu, à prendre la parole.

**5.** Débattez en classe sur les choix opérés par le metteur en scène. Partagez-vous la vision de Pommerat sur l'univers de Collodi ? Que pensez-vous de ses choix ? Vous ont-ils surpris ? Pourquoi ?

## À vous de jouer !

**1.** À votre tour, réunissez-vous en groupe pour expliquer en mots et en dessins le décor et les costumes que vous imaginez pour Pinocchio et la Fée dans l'épisode du mensonge. Vous devrez justifier vos choix devant la classe et réfléchir à la manière de mettre en scène un pantin de bois.

**2.** Après avoir justifié vos choix de mise en scène, vous pouvez jouer à être le pantin de bois. Pour cela, rendez-vous sur le site Internet « Pièce (dé)montée » du réseau Canopé[1]. Vous trouverez en pages 6 et 7 du dossier des exercices très complets pour apprendre à « jouer » un pantin de bois en classe.

# Un livre, un film

## *Le Voyage de Chihiro*, de Hayao Miyazaki (Japon, 2001)

*Le Voyage de Chihiro*, film d'animation japonais sorti en 2001, raconte l'aventure fantastique d'une fillette de dix ans qui tente de retrouver sa famille après avoir pénétré le monde des esprits, un univers parallèle étrange et inquiétant.

En s'inspirant de la structure narrative du conte et en prenant la forme d'un récit initiatique, l'œuvre du célèbre réalisateur fait écho à *Pinocchio* par plusieurs aspects. En effet, lancés dans une quête identitaire,

1. crdp.ac-paris.fr/piece-demontee/pdf/pinocchio_total.pdf.

les héros affrontent tous deux un certain nombre d'obstacles et ressortent transformés de leurs aventures : le pantin de bois cherche à devenir un petit garçon à tout prix tandis que Chihiro, devenue Sen, cherche à retrouver son prénom d'origine pour savoir qui elle est vraiment. À l'image du pantin insouciant qui s'assagit à la fin du conte de Collodi, la petite fille capricieuse s'engage dans un voyage à la fois physique et spirituel, pour devenir une jeune héroïne courageuse qui sauve ses parents. On retrouve ainsi un motif clé du conte merveilleux : la métamorphose.

Voici ce que dit Miyazaki à propos de ce conte moderne : « Ce film s'apparente à un récit d'aventures, mais sans agitation d'armes, ni superpouvoirs. Et même si je parle d'aventures, le sujet n'est pas la confrontation entre le bien et le mal, mais c'est plutôt l'histoire d'une petite fille qui, jetée dans un monde où se mêlent braves gens et personnages malhonnêtes, va se discipliner, apprendre l'amitié et le dévouement, et va mettre en œuvre toutes ses ressources pour survivre. [...] Ce n'est plus une histoire où les personnages grandissent, mais une histoire où ils découvrent quelque chose qui était à l'intérieur d'eux-mêmes, réveillé par des circonstances particulières [1]. »

Le livre comme le film nous entraînent dans un univers enchanteur, un voyage intérieur au cours duquel les héros font l'apprentissage de la vie et de la liberté.

## Travail préalable

**1.** Comparez le titre français (*Le Voyage de Chihiro*) et la traduction littérale du titre original (*La Mystérieuse Disparition de Sen et Chihiro*) puis formulez vos attentes sur le film. Pour comprendre le titre original, il faut savoir que le prénom de Chihiro est composé de deux idéogrammes [2] en japonais, *Sen/Chi* correspondant au premier idéogramme, *et Jin/hiro* au deuxième idéogramme. Lorsque la sorcière Yubaba lui vole son prénom, elle n'en conserve que le premier caractère.

**1.** Extraits d'entretiens avec Hayao Miyazaki donnés à la sortie du film, tirés du magazine *Ciné Live* d'avril 2002.

**2.** ***Idéogrammes*** : symboles graphiques représentant un mot ou une idée utilisés dans des langues comme le chinois ou le japonais.

**2.** Que signifie pour vous le mot « voyage » ? À quels types de voyages le titre peut-il faire référence ? À quoi un voyage peut-il servir selon vous ?

## Analyse de l'œuvre

### Une structure de conte

**1.** Décomposez le film en suivant le schéma narratif propre au conte.

- Situation initiale
- Élément perturbateur
- Péripéties principales
- Élément de résolution
- Situation finale

**2.** Quels sont les personnages qui aident Chihiro tout au long de son voyage ?

### Un film chargé de symboles

**1.** Chihiro emprunte différents passages au début du film. Quels sont-ils ? Comment pouvez-vous les interpréter ?

**2.** Relevez tous les personnages qui ont une double identité. Comment comprenez-vous cette dualité ?

**3.** Analysez le début et la fin du film en les comparant : qu'est-ce qui a changé ? Qu'est-ce qui est demeuré identique ?

**4.** Que symbolise le ruban que Zeniba fait tisser pour Chihiro et qu'elle met dans ses cheveux ?

### Un conte fabuleux

**1.** Quelles sont les différentes métamorphoses visibles au cours du film ? Quel est leur sens symbolique selon vous ?

**2.** Quels éléments, lieux et personnages appartiennent spécifiquement au domaine des contes ?

**3.** Le registre merveilleux inscrit une histoire dans un cadre extraordinaire. Le registre fantastique, lui, fait surgir le doute dans le cadre d'une histoire réaliste : on ne sait pas si les actions racontées ont effectivement eu lieu. À partir de ces deux définitions, diriez-vous que ce film est merveilleux ou fantastique ? Pour quelles raisons ?

**4.** Rédigez un paragraphe dans lequel vous expliquerez en quoi ces deux auteurs, Collodi et Miyazaki, ont « imaginé des univers nouveaux », et dans quels buts selon vous. Vous pourrez ensuite en débattre en classe et confronter vos arguments.

# Notes et citations

# Notes et citations

## Notes et citations

Création maquette intérieure :
Sarbacane Design.

Composition : IGS-CP.
N° d'édition : 554962-3
Dépôt légal : novembre 2018
Imprimé en Espagne par Novoprint (Barcelone)
Achevé d'imprimer en août 2022